元曲 300首 (下)

元曲 300首 (下)

류인 옮김

소울앤북

책을 내면서

우연한 계기로 당시 300수를 발간하였고 많은 분의 격려에 힘입어 송사 300수까지 이어졌다. 송사 300수를 번역하면서 이 작업을 중국에서는 많이 애송되지만, 우리나라에는 아직 제대로 소개되지 않고 있는 원곡까지는 하고 싶다고 생각하였다. 중국 근대의 왕국유(王国维)가 초소(楚骚), 한부(汉赋), 육대 병어(六代骈语), 당시(唐诗), 송사(宋词), 원곡(元曲)을 중국 역대 왕조의 대표적인 문학 장르로 정의하였는데 당시에서 원곡까지 소개하게 되었으니, 의미가 매우 깊다.

원곡(元曲)은 민간에서 유행하던 '길거리 소령(街市小令)' 또는 '마을 소조(村坊小调)'에 뿌리를 두고 있으며 원이 중원으로 진출하면서 다두(大都, 지금의 베이징)와 린안(临安, 지금의 항저우)을 중심으로 광활한 지역에 걸쳐 유행하였는데 생겨난 지역에 따라 북곡(北曲)과 남곡(南曲)으로 나눈다.

장르 상으로는 코믹한 표현과 대사가 특징인 잡극(杂剧)과 대사는 없고 서정적인 가사가 주를 이루는 산곡(散曲)으로 나누어진다. 따라서 잡극은 희곡(戏曲), 산곡은 시가로 분류하기도 한다. 산곡은 몇 단(段, 시의 상, 하편 한 묶음)으로 구성되었느냐에 따라 다시 소령(小令)과 대과곡(带过曲), 투수(套数)로 구분된다.

원곡에는 육궁 십일조(六宮十一调)의 음조가 사용되었는데 육궁은 선려(仙呂), 남려(南呂), 황종(黄钟), 중려(中呂), 정궁(正宮), 도궁(道宮)으로 나누어지며 십일조는 대석(大石), 소석(小石), 반섭(般涉), 상각(商角), 고평(高平), 게지(揭指), 상조(商调), 각조(角调), 월조(越调), 쌍조(双调), 궁조(宫调)로 나누어진다.

원나라 때는 팔창 구유 십개(八娼九儒十丐, 8번째 기녀, 9번째 학자, 10번째 거지)라고 할 정도로 문인들이 천시받았다. 그래서 원곡은 한편으로는 시가의 미려함과 구성짐을 계승하면서도 다른 한편으로는 신랄한 정치 사회적 정서를 포함하고 있다. 또한 역대 시사에 비해 직설적이고 통속적인 표현이 더하여져 문학의 폭을 넓혔다고 평해진다.

원곡은 3시기에 걸쳐 발전하였다. 원나라가 세워지고 남송이 멸망하게 되는 기간에 민간의 통속적이고 구어체적인 특징이 문단에 유입되었다. 세조 지원(世祖至元, 1262~1294년) 때부터 순제 후지원(顺帝后至元, 1335년)의 기간에는 전문적인 문인들이 창작하기 시작한다. 혜종 지정(惠宗至正, 1341~1370년)의 원 말기가 되면 산곡 작가들이 전업으로 작품 활동을 하게 되면서 율격과 문체에 공을 들이게 되고 예술적인 완성도가 높아졌다.

원곡 삼백 수의 선정 편찬은 1926년 임나(任讷)에 의해 처음 이루어졌고 1943년 이후 노전(卢前)과 함께 공동으로 증보 작업을 한 것이 지금까지 가장 광범위하게 받아들여지고 있다.

당시, 송사, 원곡의 여정을 마치는 데 아내의 전폭적인 이해와 배려가 큰 도움이 되었다. 항상 커다란 사랑의 빚을 지고 있음을 새삼 느끼게 되었다. 이 책의 출간을 도와주신 소울앤북 출판사와 모든 분께 감사드린다.

2024년 10월, 류인

차례

책을 내면서 · 05

오서일(吳西逸)
　双调·蟾宫曲,怀古(쌍조·섬궁곡, 회고) · 15
　双调·清江引,秋居(쌍조·청강인, 가을살이) · 16
　双调·殿前欢,怀古(쌍조·전전환 제1, 3, 6수) · 17
　双调·蟾宫曲,纪旧(쌍조·섬궁곡, 옛일을 기록하다) · 20
　越调·天净沙,闲题(월조·천정사, 심심해서 쓰다 제1~4수) · 22

주정옥(朱庭玉)
　越调·天净沙(월조·천정사)
　　春(봄) · 25
　　夏(여름) · 25
　　秋(가을) · 26
　　冬(겨울) · 27

이백유(李伯瑜)
　越调·小桃红,磕瓜(월조·소도홍, 개과) · 28

이덕재(李德载)
　中吕·阳春曲,赠茶肆(중려·양춘곡, 찻집에 바침 제1, 10수) · 30

정경초(程景初)
　正宫·醉太平(정궁·취태평) · 32

두준례(杜遵礼)
　仙吕·醉中天, 佳人脸上黑痣(선려·취중천, 미인 얼굴의 사마귀) · 34

이치원(李致远)
　中吕·红绣鞋, 晚秋(중려·홍수혜, 만추) · 36
　越调·天净沙, 离愁(월조·천정사, 이별의 슬픔) · 37

장명선(张鸣善)
　中吕·普天乐, 嘲西席(중려·보천악, 선생을 비웃음) · 39
　中吕·普天乐(중려·보천악)
　　咏世(세상살이를 노래함) · 40
　　遇美(미인을 만나다) · 41
　　愁怀(서글픈 심정) · 42
　双调·水仙子, 讥时(쌍조·수선자, 시대를 비웃다) · 43

양조영(杨朝英)
　双调·水仙子(쌍조·수선자)
　　西湖探梅(시후에서 매화를 찾다) · 46
　　灯花占信又无功(등꽃 점괘) · 47
　　自足(스스로 만족함) · 48
　商调·梧叶儿, 客中闻雨(상조·오엽아, 객사에 들리는 빗소리) · 49

왕거지(王举之)
　双调·折桂令(쌍조·절계령)

赠胡存善(호존선에게 바침) · 51
   七夕(칠석) · 52

가고(贾固)
   中吕·醉高歌过红绣鞋, 寄金莺儿(중려·취고가 다음 홍수혜, 김앵아에게 부침) · 54

주덕청(周德清)
   中吕·满庭芳(중려·만정방)
      看岳王传(악왕전을 보며) · 56
      误国贼秦桧(나라를 망친 도적 진회) · 57
   中吕·红绣鞋, 郊行(중려·홍수혜, 교외를 걷다 제1~3수) · 59
   双调·蟾宫曲, 别友(쌍조·섬궁곡, 친구와 헤어지고) · 62
   正宫·塞鸿秋, 浔阳即景(정궁·새홍추, 쉰양 풍경 제1, 2수) · 63
   中吕·朝天子, 秋夜客怀(중려·조천자, 가을밤 나그네 설움) · 65

종사성(钟嗣成)
   正宫·醉太平(정궁·취태평 제1~3수) · 67
   双调·清江引(쌍조·청강인 제5, 6, 8수) · 70
   双调·凌波仙, 吊周仲彬(쌍조·능파선, 주중빈을 애도하며) · 73

수경신(睢景臣)
   般涉调·哨遍, 高祖还乡(반섭조·초편, 고조 고향에 돌아오다) · 75

주호(周浩)

双调·蟾宫曲, 题录鬼簿(쌍조·섬궁곡, 녹귀부를 위해 쓰다) · 81

왕원형(汪元亨)
正宫·醉太平, 警世(정궁·취태평, 스스로를 깨우침 제1~3수) · 83
双调·雁儿落过得胜令, 归隐(쌍조·안아락 다음 득승령, 관직에서 물러나다 제2, 12수) · 86
双调·沉醉东风, 归田(쌍조·침취동풍, 낙향 제2, 16수) · 88
中吕·朝天子, 归隐(쌍조·조천자, 관직에서 물러나다) · 90

일분아(一分儿)
双调·沉醉东风(쌍조·침취동풍) · 93

양유정(杨维桢)
中吕·普天乐(중려·보천악) · 95

예찬(倪瓒)
黄钟·人月圆(황종·인월원 제1, 2수) · 97
越调·小桃红, 秋江(월조·소도홍, 가을 강 제1~3수) · 99

하정지(夏庭芝)
双调·水仙子, 赠李奴婢(쌍조·수선자, 이노비에게 바침) · 103

유정신(刘庭信)
越调·寨儿令, 戒嫖荡(월조·채아령, 기생집 출입을 경계함 제2, 5수) · 105

双调·水仙子, 相思(쌍조·수선자, 그리움 제1~3수) · 107
双调·折桂令, 忆别(쌍조·절계령, 이별을 아쉬워하며 제3, 4, 11수)
· 111

난초방(兰楚芳)
南吕·四块玉, 风情(남려·사괴옥, 사랑하는 마음) · 115
双调·沉醉东风(쌍조·침취동풍) · 116

고명(高明)
商调·金络索挂梧桐, 咏别(상조·금락색괘오동, 이별을 노래함 제1, 2수) · 117

탕식(汤式)
正宫·小梁州(정궁·소량주)
  扬子江阻风(양쯔장 맞바람) · 120
  九日渡江(중양절 강을 건너다 제1, 2수) · 121
中吕·谒金门, 落花(중려·알금문, 꽃이 지네 제1, 2령) · 123
双调·蟾宫曲(쌍조·섬궁곡) · 125
双调·庆东原, 京口夜泊(쌍조·경동원, 밤에 징커우에 배를 대고) · 127
中吕·满庭芳, 京口感怀(중려·만정방, 징커우 감회) · 128

양눌(杨讷)
中吕·红绣鞋, 咏虼蚤(중려·홍수혜, 벼룩을 노래함) · 130

소형정(邵亨贞)
越调·凭阑人, 题曹云西翁赠妓小画(월조·빙란인, 조운서 옹이 기녀 소에게 준 그림에 글을 쓰다) · 131

유연가(刘燕歌)
仙吕·太常引, 饯齐参议回山东(선려·태상인, 제 참의가 산동으로 돌아가는 것을 전송하며) · 133

무명씨(无名氏)
正宫·醉太平, 讥贪小利者(정궁·취태평, 조그만 이익조차 탐내는 자를 조롱함) · 135
正宫·醉太平(정궁·취태평) · 136
正宫·塞鸿秋(정궁·새홍추)
　　相思月(달을 흠모하다) · 138
　　山行警(산길을 가는 심경) · 139
　　宴毕警(잔치가 끝날 때의 심경) · 139
　　村夫饮(촌놈들의 음주) · 141
仙吕·一半儿(선려·일반아) · 141
仙吕·游四门(선려·유사문) · 142
仙吕·寄生草, 闲评(선려 기생초, 아무렇게나 비평함) · 143
仙吕·寄生草, 闲评(선려 기생초, 아무렇게나 비평함 제1, 2수) · 143
中吕·喜春来(중려 희춘래 제1~3수) · 146
中吕·红绣鞋(중려 홍수혁 제1~3수) · 149

中吕·朝天子(중려 조천자 제1~3수) · 151
中吕·十二月过尧民歌(중려 십이월 다음 요민가) · 155
黄钟·红锦袍(황종·홍금포) · 157
大石调·阳关三叠(대석조·양관삼첩) · 159
商调·梧叶儿(상조·오엽아)
    嘲女人身长(여자의 키 큰 것을 조롱하다) · 160
    嘲谎人(허풍쟁이를 비웃다) · 161
商调·梧叶儿(상조·오엽아)
    正月(정월) · 162
    三月(삼월) · 163
    四月(사월) · 164
双调·水仙子(쌍조·수선자)
    张果老(장과로) · 165
    李岳(이악) · 166
南吕·骂玉郎过感皇恩采茶歌, 鏖兵(남려·마옥랑 다음 감황은 과 채차가, 치열한 전투) · 167
双调·水仙子(쌍조·수선자)
    杂咏(잡영) · 169
    喻纸鸢(종이연에 비유하다) · 170

오서일(吴西逸, 생몰연대 불상)

인종 연우(仁宗延祐, 1314~1320년) 말기에 활동하였음. 소령 47수가 전함.

双调 · 蟾宫曲, 怀古

问从来谁是英雄。一个农夫, 一个渔翁。晦迹南阳, 栖身东海, 一举成功。八阵图名成卧龙, 六韬书功在飞熊。霸业成空, 遗恨无穷。蜀道寒云, 渭水秋风。

쌍조·섬궁곡(双调·蟾宫曲), 회고

고금 이래 누가 영웅인지 물어보세
한 사람은 농부였고
한 사람은 어부였네
난양(南阳)[1]에 숨어 지냈고
동해(东海)[2]에서 세월을 보냈는데
단번에 성공하였네
팔진도(八阵图) 이름으로 누운 용(卧龙)을 이루었고
육도(六韬) 병서[3]의 공은 나는 곰(飞熊)[4]에 있음이라
이루었던 패업 허망하고
여한은 끝이 없네

촉으로 가는 길엔 찬 구름만 떠 있고
웨이수이엔 가을바람 스산하구나

1) 제갈량이 은거하며 농사를 짓던 곳. 지금의 허난에 소재.
2) 강태공은 웨이수이(渭水) 강변에서 낚시를 하였음.
3) 강태공이 병법서 육도를 썼다고 함. 문(文), 무(武), 호(虎), 표(豹), 용(龙), 견(犬) 여섯 부분으로 구성되어 있음.
4) 주 문왕(周文王)이 강태공을 얻을 때 꾸었던 길몽.

▶이 곡은 강자아(姜子牙)와 제갈량(诸葛亮)이 평범한 처지에서 당대의 영웅으로 변화하는 과정을 그리면서 현세에는 이 같은 영웅이 나타나지 않음을 개탄함.

* * *

双调 · 清江引, 秋居

白雁乱飞秋似雪, 清露生凉夜。扫却石边云, 醉踏松根月, 星斗满天人睡也。

쌍조·청강인(双调·清江引), 가을살이

무리 지어 나는 하얀 기러기 떼, 가을 하늘에 눈 날리는

듯하고
　서늘한 이슬방울이 밤새 더 차가워졌네
　바위 옆 구름을 헤치며
　취하여 소나무 뿌리의 달빛을 밟다
　온 하늘에 별들 가득하여 잠이 들어 버렸네

＊＊＊

双调·殿前欢 其一

　懒云窝, 懒云堆里即无何。半间茅屋容高卧, 往事南柯。红尘自网罗, 白日闲酬和, 青眼偏空间。风波远我, 我远风波。

쌍조·전전환(双调·殿前欢) 제1수

나운와(懒云窝)에 있으니
한가한 구름 더미 아래 무사태평하네
반 칸 오두막에서 머리 높이 하고 누웠더니
지난 일들 남가일몽이라
번잡한 세상 옭아매는 그물이나
맑은 날들을 시 한 수로 유유자적하며
푸른 눈동자로 허공을 곁눈질하네
풍파가 나와 상관없음은

내가 풍파를 멀리함이라

双调·殿前欢 其三

懒云巢, 碧天无际雁行高。玉箫鹤背青松道, 乐笑逍遥。溪翁解冷淡嘲, 山鬼放揶揄笑, 村妇唱糊涂调。风涛险我, 我险风涛。

쌍조·전전환(双调·殿前欢) 제3수

나운소(懒云巢)에서 보니
끝없이 푸른 하늘 높은 곳에 기러기 줄지어 나네
옥피리 불어 학을 타고 푸른 소나무 숲길을[1]
즐겁게 웃으며 유유자적하네
산의 귀신은 야유하는 웃음을 날리고
계곡 늙은이는 냉담한 조소를 알아채며[2]
시골 아낙네는 모호한 곡조를 노래하네
풍파가 나를 괴이하게 여기나
나 또한 풍파를 괴이하게 여기노라

1) 동주(东周) 때 왕자진(王子晋, 약 B.C 567~546년)이 신선이 되어 피리를 불며 학을 타고 하늘로 올라갔다는 고사의 인용. 주 영왕(周灵王)의 아들로 본명은 희진(姬晋)이었으며 전촉(前蜀)의 후주 왕

연(后主王衍)에 의해 왕 씨의 시조로 모셔짐.
2) 진(晉)나라의 나우(罗友)는 환온(桓温)의 막료로 일했는데 환온은 나우가 재주는 출중하나 생활이 제멋대로인 것이 마음에 들지 않아 관리로 임명하지 않음. 한번은 승진하여 떠나는 사람을 위해 환온이 송별연을 열었는데 나우가 늦게 옴. 환온이 이유를 묻자 "제가 일찍 출발은 하였는데 오다가 길에서 귀신을 만났습니다. 그 귀신이 저를 비웃으며 '다른 사람 송별연에 가는 모양인데 왜 다른 사람은 너를 송별해 주지 않는 거냐?'라고 하여 하도 부끄러워서 그에게 변명하다 보니 늦어졌습니다."라고 대답함.

双调 · 殿前欢 其六

懒云凹, 按行松菊讯桑麻。声名不在渊明下, 冷淡生涯。味偏长凤髓茶, 梦已随胡蝶化, 身不入麒麟画。莺花厌我, 我厌莺花。

쌍조·전전환(双调·殿前欢) 제6수

나운요(懒云凹)에 머물며
소나무와 국화 보살피며 뽕나무와 삼을 걱정하네
명성이 연명(渊明)의 아래가 아니니
세상살이에 미련이 없네
맛은 펑수차(凤髓茶)[1]에 길들여졌고
잘 때는 수시로 나비의 꿈을 꾸니

몸이 기린각(麒麟閣) 그림에 들어갈 일 없네
꾀꼬리와 꽃이 나를 싫어하니
나 또한 꾀꼬리와 꽃을 싫어하노라

1) 푸젠 젠어우현(福建建瓯县)에서 생산되는 명차.

▶ 오서일이 아리서영의 '전전환, 나운와 자서(殿前欢·懒云窝自叙)'에 화답하여 쌍조·전전환 여섯 수를 씀. 아리서영(阿里西瑛)은 우청(吴城, 지금의 쑤저우) 동북쪽에 서재를 짓고 나운와라고 부름. 원나라 때는 노장사상이 특히 유행하여 지식인들이 현실을 외면하고 은둔하는 것이 사회의 주류 현상이 되었음. 아리서영은 색목인으로 한족보다 우월한 사회적 지위에 해당하였으나 이러한 사상적 흐름에 동조하여 중국의 저명한 문인들과 교류하며 작품 활동을 함. 제3수의 나운소와 제6수의 나운요는 나운와를 다르게 부른 것임.

* * *

双调 · 蟾宫曲, 纪旧

折花枝寄与多情, 唤起真真, 留恋卿卿。隐约眉峰, 依稀雾鬓, 仿佛银屏。曾话旧花边月影, 共衔杯扇底歌声。款款深盟, 无限思量, 笑语盈盈。

쌍조·섬궁곡(双调·蟾宫曲), 옛일을 기록하다

꽃 가지 꺾어 정을 담뿍 담아 보내니[1]

진진(真真)이 생각나고[2]

경경(卿卿)[3]을 그리워지게 하네

은은한 눈썹꼬리에

어슴푸레 단장한 머리

화려한 병풍 속 그림이로다

꽃 주위 달그림자에서 지난 일 이야기하며

같이 잔 나눌 때 부채가 노랫소리를 가리었네

변치 않겠다는 굳은 맹세

사랑함은 끝이 없고

웃으며 말하는 모습에 마음이 설레는구나

---

1) 남북조(南北朝) 때 육개(陆凯)가 친구 범엽(范晔)에게 매화 가지 하나와 시를 보낸 고사의 인용. "우체부를 만나 꽃을 꺾어, 룽산의 친구에게 보내니, 강남에는 아무것도 없어, 꽃 가지 하나로 봄소식을 보내노라(折花逢驿使, 寄与陇头人 江南无所有, 聊赠一枝春)"
2) 당(唐)나라 때 조안(赵颜)이 화공에게 진진이 그려진 병풍을 받고 그 아름다움에 반하여, 불러내어 아내로 삼기 위해 백일 밤낮을 쉬지 않고 치성을 드렸다는 고사의 인용.
3) 부부간의 애칭.

* * *

越调·天净沙, 闲题 其一

长江万里归帆, 西风几度阳关, 依旧红尘满眼。夕阳新雁, 此情时拍阑干。

월조·천정사(越调·天净沙), 심심해서 쓰다 제1수

창장 만 리 돌아가는 돛단배
서풍은 몇 번이나 양관(阳关)[1]에 이르렀나
번잡한 세상이 여전히 눈에 가득 차네
석양에 새 기러기 날아
그때마다 누각 난간을 두드리네

1) 지금의 간쑤 둔황현(甘肃敦煌县) 서남쪽 일대. 변경 지역의 통칭으로 사용됨.

越调·天净沙, 闲题 其二

楚云飞满长空, 湘江不断流东。何事离多恨冗。夕阳低送, 小楼数点残鸿。

월조·천정사(越调·天净沙), 심심해서 쓰다 제2수

남쪽의 구름은 창공 가득히 흐르고
샹장(湘江)¹⁾은 쉬지 않고 동으로 흘러가네
어째 이별의 아픔은 이렇게도 많은지
작은 누각에서 몇 마리 남은 기러기들
석양 아래 낮게 날아가는 것 배웅하네

1) 후난(湖南)을 남북으로 흐르는 강

越调 · 天净沙, 闲题 其三

数声短笛沧州, 半江远水孤舟, 愁更浓如病酒。夕阳时候, 断肠人倚西楼。

월조·천정사(越调·天净沙), 심심해서 쓰다 제3수

몇 가닥 짧은 피리 소리 작은 섬에서 들려
반장(半江)¹⁾ 먼 물에 돛단배 한 척 띄우니
서글픔 더욱 짙어짐은 술이 병이 된 모양이라
저녁 해가 질 때
애간장 끊어지는 이 서쪽 누각에 기대어 섰네

1) 후난 둥커우현(洞口县)과 란진(兰镇)을 흐르는 강. 쉐펑(雪锋)산맥의 펑황산(凤凰山)에서 발원.

越调 · 天净沙, 闲题 其四

江亭远树残霞, 淡烟芳草平沙, 绿柳阴中系马。夕阳西下, 水村山郭人家。

월조·천정사(越调·天净沙), 심심해서 쓰다 제4수

강변 정자 멀리 숲 위로 노을이 지고
평평한 모래톱 수풀에는 옅은 안개가 내려
푸른 버드나무 그늘에 말을 매었네
저녁 해는 서쪽으로 떨어지는데
물 옆, 산기슭 마을에 몇 채 집이 있구나

주정옥(朱庭玉, 생몰연대 불상)

소령 4수, 투수 22수가 전하는 것 이외에 그의 생애에 대해 알려진 것이 없음. 작품 중에 진(晉) 지역의 풍물이 많아 산시(山西) 출신으로 추측함.

越调 · 天净沙 春

暖风迟日春天, 朱颜绿鬓芳年, 挈榼携童跨蹇。溪山佳处, 好将春事留连。

월조·천정사(越调·天净沙) 봄

따스한 바람에 해 느릿느릿한 봄 날씨
붉은 얼굴 검푸른 머리 꽃다운 나이로다
술통 들고 아이 손잡고 휘적휘적 걷는구나
계곡 산 아름다운 곳
좋구나, 봄이여 계속 머물러 다오

越调 · 天净沙 夏

参差竹笋抽簪, 累垂梅子攒金, 旋趁庭槐翠阴。南风解愠, 快哉消我烦襟。

월조·천정사(越调·天净沙) 여름

삐죽삐죽 죽순을 뽑아내고
주렁주렁 늘어진 매실을 따 모아서
정원 우거진 홰나무 그늘에 숨어들었네
남풍에 기분이 상쾌해지고
금세 나의 번민이 사라지네

越调 天净沙 秋

庭前落尽梧桐, 水边开彻芙蓉。解与诗人意同。辞柯霜叶,飞来就我题红。

월조·천정사(越调·天净沙) 가을

정원 앞 오동나무 잎 모두 떨어지고
물가의 만개했던 연꽃도 다했으니
시인의 마음과 어찌 이리 닮았는가
서리 맞은 나뭇잎, 가지와 작별하고
내게 떨어져 붉은 잎에 시 쓰게 하네[1]

1) 당 신종(唐信宗) 때 궁녀 한 씨와 우우(于祐)의 고사를 인용.

越调, 天净沙 冬

门前六出狂飞, 樽前万事休提, 为问东君信息。急教人探, 小梅江上先知。

월조·천정사(越调·天净沙) 겨울

문 앞에는 눈발(六出)[1]이 미친 듯이 휘날리고
잔 앞에는 만사가 일어남 멈추었으니
빨리 동군(东君)[2]의 소식 물어보아야 하리라
초조하여 사람을 시켜 찾게 하였더니
강 위 늘어진 작은 매화가 먼저 알더라

1) 눈의 결정이 육각형이라 옛사람들은 눈을 육출이라고도 하였음.
2) 봄을 주관하는 신

이백유(李伯瑜, 생몰연대 불상)

인종 연우 연간(仁宗延佑, 1314~1320년)에 생존한 것으로 추정하며 소령 한 수가 전함.

越调, 小桃红, 磕瓜

木胎毡衬要柔和, 用最软的皮儿裹。手内无他煞难过, 得来呵, 普天下好净也应难躲。兀的般砌末, 守着个粉脸儿色末, 诨广笑声多。

월조·소도홍(越调·小桃红), 개과(磕瓜)

나무 골격에 양탄자를 둘러 부드럽게 하고
가장 연한 가죽을 골라 씌우네
손에 이것이 없으면 정말 곤란하니
이것을 들어야
천하의 어떤 부정(副净)도 도망갈 수 없지
배우가 분장하는 것은 이러하니
부말(副末)이 얼굴을 하얗게 칠하고
익살을 떨어 여기저기 웃음소리 요란하네

▶개과(磕瓜)는 참군희(參軍戲)라는 중국 고대 익살극에서 사용하던 도구. 5호 16국 시대 후조(后趙) 석륵(石勒)의 참군(參軍) 주연(周延)이 비단 수백 필을 착복한 죄로 하옥되었다 풀려남. 석륵은 연회 때 주연을 놀리기 위해 배우에게 관복을 입혀 참군으로 분장시키고 다른 배우에게 참군을 희롱하게 함. 참군 역할의 배우를 참군, 참군을 놀리는 역할의 배우를 창골(蒼鶻)이라고 하였는데 이후 참군은 부정(副淨), 창골은 부말(副末)로 명칭이 바뀜. 부말은 부정과 이야기하면서 개과로 계속 부정의 머리를 때리면서 놀림.

이덕재(李德載, 생몰연대 불상)

차를 노래하는 소령 10수가 전함.

中呂 · 阳春曲, 赠茶肆 其一

茶烟一缕轻轻飏, 搅动兰膏四座香, 烹煎妙手赛维扬。非是谎, 下马试来尝。

중려·양춘곡(中呂·阳春曲), 찻집에 바침 제1수

차 증기 한 가닥 경쾌하게 피워 올리고
난고(兰膏)[1]를 휘저어 사방으로 향기 날리며
차 끓이는 실력 모든 웨이양(维扬)[2]을 능가하네
거짓말하는 것이 아니니
말에서 내려 맛보러 들어오시오

1) 쉽싸리를 달여 만든 기름으로 등불을 피우면 향기가 남. 차를 달이면 난고와 같은 색이 나오므로 찻물을 비유하는 표현이 됨.
2) 양저우의 별칭으로 원나라 때 다두(大都), 항저우, 취안저우(泉州) 등과 함께 번화한 도시로 명성이 높았음.

中吕·阳春曲, 赠茶肆 其十

金芽嫩采枝头露, 雪乳香浮塞上酥, 我家奇品世间无。君听取, 声价彻皇都。

중려·양춘곡(中吕·阳春曲), 찻집에 바침 제10수

가지 끝 이슬 맺혔을 때 딴 금빛 여린 새싹
눈같이 흰색에 우유 향 풍미 변경 치즈 같으니
우리 집처럼 진기한 상품은 세상에 없다오
여보시오 가서 들어보세요
서울 곳곳에 명성이 자자하답니다

▶중국의 차 역사는 매우 오래되었는데 특히 당나라 때부터 성행하기 시작함. 덕종(德宗)은 차법(茶法)을 시행하여 세금을 징수하였고 육우(陆羽)는 차경(茶经) 3권을 저술하기도 함. 송, 원 때에는 수많은 찻집이 생겨 손님을 끌기 위해 문인들에게 광고용 글을 부탁하기도 함.

정경초(程景初, 생몰연대 불상)

소령, 투수 각 한 수씩 전함.

正宮 · 醉太平

恨绵绵深宫怨女, 情默默梦断羊车。冷清清长门寂寞长青芜, 日迟迟春风院宇。泪漫漫介破琅玕玉, 闷淹淹散心出户闲凝伫。昏惨惨晚烟妆点雪模糊, 淅零零洒梨花暮雨。

정궁·취태평(正宮·醉太平)

깊은 궁전 서러운 여인들의 한은 끝이 없어
말 못 하고 품은 정, 꿈에서 양차(羊车)를 멈추었네[1]
스산한 장문궁(长门宫), 잡초 무성하고 적막한데
해 느릿느릿하고 궁전 곳곳에 봄바람이라[2]
가득한 눈물방울 낭간(琅玕)[3]을 깨뜨리고
답답한 마음 풀어볼까 문을 나가 무료함에 우두커니 섰네
안개 어둑한 저녁, 화장은 눈처럼 모호한데
배꽃에 밤비가 부딪쳐 흩어지네

1) 양차(羊车)는 양이 끄는 작은 수레로 궁녀의 애환을 상징. 삼국시

대 오나라 황제 손호(孙皓)가 궁녀를 수천 명으로 늘리고 양차를 타고 가다 양이 멈추는 곳의 궁녀 방에 들어가 동침함. 궁녀들이 대나뭇잎에 소금물을 뿌리고 문 앞에 두어 양이 멈추도록 유도함. 연방(然芳, 호 귀빈胡贵嫔)이 가장 총애를 받아 황후에 버금가는 복장을 함.

2) 한 무제(汉武帝)는 진 황후(陈皇后)를 폐위하고 장문궁에 머무르게 함. 이후 총애를 잃은 황후나 비를 상징하는 말이 됨.

3) 진주처럼 생긴 돌로 아름다움이 옥에 버금감.

▶취태평(醉太平)은 당나라 때 교방곡의 이름이었다가 사패 및 곡패의 이름으로 사용됨. 취사범(醉思凡)이라고도 하며 선려궁(仙吕宫), 중려궁(中吕宫)에도 속함.

두준례(杜遵礼, 생몰연대 불상)

인종 연우 연간(1314~1320년)의 사람으로 추정. 명나라의 주권(朱权)은 태화정음보(太和正音谱)에서 사림영걸(词林英杰) 150인 중의 한 사람으로 꼽음.

仙吕 · 醉中天, 佳人脸上黑痣

好似杨妃在, 逃脱马嵬灾。曾向宫中捧砚台, 堪伴诗书客, 叵耐无情的李白, 醉拈斑管, 洒松烟点破桃腮。

선려·취중천(仙吕·醉中天), 미인 얼굴의 사마귀

양귀비가 아직 살아 있는 것 같네
마웨이(马嵬)의 난을 피해 도망하였던 걸까
일찍이 궁중을 향해 벼루를 들었고[1]
감히 대시인과 벗이 되었으니
감정을 주체 못 한 이백이
취한 김에 왕대 붓을 집어서
송연묵(松烟墨)[2]을 찍어 복사꽃 뺨에 톡 건드려 터뜨렸네[3]

1) 이백이 당 현종을 위해 새로운 시를 쓸 때 양귀비가 벼루를 들어 시

중하고 고력사(高力士)가 이백의 신발을 벗겨 줌.
2) 소나무를 태운 재로 만든 먹
3) 이백이 황명을 받고 연회석에서 청평조(清平调) 3장을 쓴 것의 비유

이치원(李致远, 생몰연대 불상)

장쑤성의 리양(溧阳) 출신이라는 설이 있음. 소령 26수와 투수 4수가 전함.

中呂 · 紅绣鞋, 晚秋

梦断陈王罗袜, 情伤学士琵琶。又见西风换年华。数杯添泪酒, 几点送秋花。行人天一涯。

중려·홍수혜(中呂·紅绣鞋), 만추

진왕(陈王)[1]이 비단 버선 꿈을 깨니[2]
학사(学士)는 비파 소리로 상념에 젖고[3]
다시 서풍 불어 세월 바뀌는 것 보네
술 몇 잔에 눈물을 더하고
몇 송이 가을꽃으로 배웅하며
나그네 홀로 세상 끝을 방황하네

1) 삼국시대 위나라 조식(曹植)의 마지막 봉지가 천쥔(陈郡, 지금의 허난 화이양淮阳)이며 시호가 사(思)여서 그를 진사왕(陈思王) 또는 진왕이라 부름.
2) 조식의 '낙신부(洛神赋)' 중 "물결 위를 사뿐사뿐 걸으니, 비단 버

선이 먼지를 일으키네(凌波微步, 罗袜生尘)"를 인용. 조식은 견일(甄逸)의 딸과 결혼하고 싶었으나 그녀는 조비(曹丕)의 비가 되었다가 곽 황후(郭后)로 인해 죽임을 당함. 조식은 서울에 갔다가 그녀의 유물을 보고 상심하여 울면서 돌아오던 중 뤄수이(洛水)에서 낙신부를 씀. 낙신은 복희씨(伏羲氏)의 딸이었는데 뤄수이에 빠져 죽은 뒤 신이 됨.
3) 백거이의 '비파행(琵琶行)' 중 비파를 타는 여인의 사연을 듣고 동병상련의 감정을 느끼며 상심하였다는 부분의 인용. 학사는 관직 이름.

* * *

越调 · 天净沙, 离愁

敲风修竹珊珊, 润花小雨斑斑, 有恨心情懒懒。一声长叹, 临鸾不画眉山。

월조·천정사(越调·天净沙), 이별의 슬픔

길쭉길쭉 대나무들 바람에 부딪혀 쟁그랑거리고
반지르르 꽃들 가랑비 맞아 점점이 자국 생기니
서러운 마음에 만사가 귀찮아지네
장탄식 한번 내뱉으며
난새 거울[1] 쳐다보고 눈썹을 그리지 않네

1) 뒷면에 난새 도안이 새겨진 거울. 난새는 모양이 봉황(鳳凰)과 비슷하며 붉은빛 몸에 오채(五彩)가 있고 오음(五音)에 맞추어 울지만 짝이 없으면 울지 않는다고 함.

장명선(张鸣善, 생몰연대 불상)

1366년(혜종 지정惠宗至正 26년)에 하백화(夏伯和)의 '청루집(青楼集)' 서문을 쓴 것을 보아 원나라 말기에 생존한 것을 알 수 있음. 호는 완노자(顽老子)이며 집은 후난이나 양저우에서 객지 생활을 함. 선위사령사(宣慰司令使)와 장저 제학(江浙提学)을 지냈으며 원나라가 망한 뒤에는 병을 핑계로 벼슬을 그만두고 우장(吳江)에 은거. 투수 2수와 소령 13수가 남아 있음.

中吕 · 普天乐, 嘲西席

讲诗书, 习功课。爷娘行孝顺, 兄弟行谦和。为臣要尽忠, 与朋友休言过。养性终朝端然坐, 免教人笑俺风魔。先生道学生琢磨。学生道先生絮聒。馆东道不识字由他。

중려·보천악(中吕·普天乐), 선생(西席)[1]을 비웃음

시와 문장을 강론하며
배운 것을 복습하게 하네
"부모에게 효도하며 순종하고
형제간에 예의 바르고 화목하라

신하로서는 충성을 다하여야 하고
친구끼리는 지나친 말을 하지 말라
종일 단정하게 앉아 수양에 힘써
사람들에게 미친 놈이라 비웃음당하지 않도록 하라"
선생은 학생에게 갈고닦아 노력하라고 하고
학생은 선생이 뻔한 소리만 한다고 하며
돈을 낸 부모는 아들 글 모름이 선생 때문이라 하네

1) 옛날 주인은 동쪽에, 손님은 서쪽에 앉았으므로 비장(裨将)이나 가정교사를 서석이라고 함.

* * *

中吕·普天乐, 咏世

洛阳花, 梁园月, 好花须买, 皓月须赊。花倚栏干看烂熳开, 月曾把酒问团圆夜。月有盈亏花有开谢, 想人生最苦离别。花谢了三春近也, 月缺了中秋到也, 人去了何日来也。

중려·보천악(中吕·普天乐), 세상살이를 노래함

뤄양에서 하는 꽃구경
양원(梁园)¹⁾에서 하는 달 감상

아름다운 꽃은 반드시 사야 하며

밝은 달도 돈 아끼지 말고 사야 하리

난간에 기대어 꽃을 보니 눈이 부시고

술잔 들고 달을 보니 왜 이리 둥근지 묻게 되네

달에는 참과 이지러짐 있고 꽃에는 피고 짐 있건만

생각건대 인생 살면서 가장 괴로운 것은 헤어짐이라

꽃이 지면 봄(三春)[2]이 가깝고

달이 이지러지면 추석이 다가오는데

떠나버린 사람은 어느 때나 다시 올까

---

1) 서한의 양 효왕(梁孝王)이 지은 정원. 효왕은 여기에 사마상여(司马相如), 매승(枚乘) 등 문장가들을 초빙하여 시를 쓰게 하고 꽃과 달을 감상함.
2) 봄은 맹춘(孟春, 음력 정월), 중춘(仲春, 음력 2월), 계춘(季春, 음력 3월)으로 이루어져 삼춘이라고 함.

中吕 · 普天乐, 遇美

雨才收, 花初谢。茶温凤髓, 香冷鸡舌。半帘杨柳风, 一枕梨花月。几度凝眸登台榭, 望长安不见些些。知他是醒也醉也, 贫也富也, 有也无也。

중려·보천악(中吕·普天乐), 미인을 만나다

비가 막 그치니
꽃이 지기 시작하네
따뜻하게 끓인 차는 봉수(凤髓)[1]요
서늘한 향기는 계설(鸡舌)[2]이라
봄바람에 휘장이 살랑거리고
달빛은 배꽃 되어 베개 위로 내려앉네
몇 번이고 누각에 올라 뚫어지게 쳐다보아도
장안(长安)은 보일 기미가 전혀 없네
그 사람은 취해 있는지 깨어 있는지
돈이 있는지 떨어졌는지
살았는지 죽었는지 알 수가 없네

1) 잣과 호두 가루를 꿀과 함께 뜨거운 물에 타서 마시는 걸쭉한 차.
2) 정향(丁香)이라고도 하며 유일하게 꽃봉오리를 쓰는 향신료로 자극적이지만 상쾌하고 달콤한 향이 특징. 방부 효과와 살균력이 강력해서 중국에서는 약재로 사용됨.

中吕 · 普天乐, 愁怀

雨儿飘, 风儿飏。风吹回好梦, 雨滴损柔肠。风萧萧梧叶中, 寸点点芭蕉上。风雨相留添悲怆, 雨和风卷起凄凉。风雨儿怎当。风雨儿定当。风雨儿难当。

중려·보천악(中吕·普天乐), 서글픈 심정

빗줄기 흩날리고

바람은 나부끼네

바람 불어 단꿈에서 깨니

빗방울에 애간장 끊어지네

우수수 바람 오동잎 흔들고

빗물은 점점이 파초 위로 떨어지네

바람과 비 교대로 슬픔을 더하고

바람과 비 처량함을 일으키네

바람과 비 어떻게 말리나

바람과 비 받아들여야 하나

바람과 비 받아들이기 어려워라

* * *

双调·水仙子, 讥时

铺眉苫眼早三公, 裸袖揎拳享万钟。胡言乱语成时用, 大纲来都是烘。说英雄谁是英雄。五眼鸡岐山鸣凤。两头蛇南阳卧龙, 三脚猫渭水飞熊。

쌍조·수선자(双调·水仙子), 시대를 비웃다

허세만 부리는 인간들 일찌감치 삼공(三公)[1]을 차지하여
소매 걷어붙이고 팔뚝 드러내며 만종(万钟)[2]을 누리네
기회만 생기면 허튼소리를 늘어놓으니
한마디로 모두 터무니없을 뿐이라
영웅이라 말하는데 누가 영웅이냐
눈깔 다섯 개 닭이 치산(岐山)[3]의 봉황 소리를 내고
대가리 두 개 뱀이 난양(南阳)의 와룡(卧龙) 행세하며
다리 세 개 고양이가 웨이수이의 나는 곰(渭水飞熊)[4] 노릇을 하는구나

1) 대사마(大司马), 대사도(大司徒), 대사공(大司空)을 일컫는 말. 조정의 고관을 상징.
2) 10말(斗)이 1곡(斛), 6곡 4말이 1종(钟).
3) 산시 치산현(陕西岐山县)에 있는 산으로 주(周)나라의 발상지. 주나라의 개국공신 주공(周公)의 사당이 있음.
4) 주 문왕(周文王)이 사냥을 나가기 전 점을 치니 "잡는 것이 용이나 이무기가 아니요, 호랑이나 곰도 아니라, 패왕을 보좌할 인물을 잡을 것이다. (所获非龙非螭 , 非虎非罴 , 所获霸王之辅)"라는 점괘가 나와 웨이수이에서 강태공을 만남. 비호(非虎)가 아니고 비웅(非熊)이 맞는다고 하는 설도 있는데 비웅(非熊)이 비웅(飞熊)으로 와전되어 나는 곰이 명재상을 의미하는 단어가 됨.

▶ 원나라 때는 과거제도가 쇠퇴하고 관리 채용이 문란해지면서

지식인들이 많은 좌절감을 느끼게 됨. 장명선은 부패하고 허세 가득한 상층 사회에 대해 신랄한 비판을 하는 곡을 많이 씀.

양조영(杨朝英, 생몰연대 불상)

호는 담재(澹斋)이며 산둥 칭청(山东青城) 사람으로 추정. 군수(郡守), 낭중(郎中) 등을 지내다 귀향. 관운석(贯云石), 아리서영(阿里西瑛) 등과 밀접하게 교류하며 글을 주고받음.

双调 · 水仙子, 西湖探梅

雪晴天地一冰壶, 竟往西湖探老逋。骑驴踏雪溪桥路。笑王维作画图。拣梅花多处提壶。对酒看花笑, 无钱当剑沽, 醉倒在西湖。

쌍조·수선자(双调·水仙子), 시후에서 매화를 찾다

눈 그치고 온 천지가 옥병 안 얼음이라
임포(林逋)[1] 찾아 시후(西湖)에 찾아가고
나귀 타고 계곡 다리 길에서 눈을 밟으며[2]
왕유가 그린 그림 웃어 주었네[3]
여기저기 매화 줍고 주전자 들어
술을 대하고 꽃을 보며 웃다가
돈이 떨어져 칼을 맡기고 술을 사고서는
취하여 시후에서 곯아떨어져 버렸네

1) 시후 호숫가에 은거하였던 송나라 시인. 매화의 비유.
2) 맹호연이 눈보라 칠 때 파교(灞桥)에서 나귀를 타고 있으면 시상이 떠오른다고 한 고사의 인용.
3) 왕유가 그린 설계도(雪溪图)와 눈 속의 파초도(雪里芭蕉图)가 실제 눈 내리는 시후의 풍경에 못 미친다는 의미.

双调·水仙子, 灯花占信

灯花占信又无功, 鹊报佳音耳过风。绣衾温暖和谁共。隔云山千万重, 因此上惨绿愁红。不付能博得个团圆梦, 觉来时又扑个空。杜鹃声啼过墙东。

쌍조·수선자(双调·水仙子), 등꽃 점괘

등꽃(灯花) 점괘 또 소용없고[1]
까치가 전해준 기쁜 소식 바람에 날아갔네
자수 이불 따스하건만 누구랑 같이 덮나
첩첩 구름 산이 가로막으니
이 때문에 참담한 심정만 더해지네
겨우 함께 지내는 꿈을 꾸었는데
깨고 보니 다시 허탕일세
담장 동쪽에서 두견 우는소리만 들려오네

1) 등불이 탄 다음 심지가 꽃 모양으로 말리면 길조라고 생각하였음.

双调 · 水仙子, 自足

杏花村里旧生涯, 瘦竹疏梅处士家。深耕浅种收成罢。酒新篘, 鱼旋打, 有鸡豚竹笋藤花。客到家常饭, 僧来谷雨茶, 闲时节自炼丹砂。

쌍조·수선자(双调·水仙子), 스스로 만족함

싱화촌(杏花村)[1]에서 산 지도 제법 오래되어
처사(处士) 집엔 몇 그루 여윈 대나무와 성긴 매화라
깊게 갈고 얕게 심어 거두면 충분하니
새로 거른 술이 있고
막 잡은 물고기 있으며
닭 돼지 죽순에 등꽃도 있네
손님 오면 늘 먹는 집밥 내어놓고
스님 오면 곡우차(谷雨茶)[2]를 맛보며
한가할 때면 스스로 단사(丹砂)를 달인다네[3]

1) 두목(杜牧)은 청명(清明)에서 "어디 한잔할 만한 곳이 없나 물어보니, 목동 아이가 손가락으로 싱화촌을 가리키네(借问酒家何処有, 牧童遥指杏花村)"라고 노래하여 시 쓰고 술 마시며 소박하게 사는

삶을 의미하게 됨.
2) 차는 대개 5~6월에 따는데 그중에서 곡우 직전에 따는 차를 우전차(雨前茶)라 하여 최상급으로 침.
3) 고대 도교에서는 단사로 연단을 만들어 먹으면 만수무강할 수 있다고 믿었음. 단사는 수은과 유황 성분이 많은 광물질.

▶양조영이 쓴 쌍조·수선자 아홉 수 중 세 수.

* * *

商调 · 梧叶儿, 客中闻雨

檐头溜, 窗外声, 直响到天明。滴得人心碎, 聒得人梦怎成。夜雨好无情, 不道我愁人怕听。

상조·오엽아(商调·梧叶儿), 객사에 들리는 빗소리

처마 밑 빗물 떨어져
창밖에서 들리는 소리
날 밝을 때까지 줄곧 울리고 있네
방울방울 떨어져 사람 마음 부숴 놓고
요란하게 소리 내니 어떻게 꿈을 꾸란 말이냐
밤비는 무정도 하여

나같이 서글픈 사람 빗소리 괴로움을 상관치 않네

▶ 오엽아(梧叶儿)는 벽오추(碧梧秋) 또는 지추령(知秋令)이라고도 하며 오서일(吴西逸)이 '오엽아, 꽃다운 젊은 시절 지나가네(梧叶儿·韶华过)'에서 정체를 확립.

왕거지(王擧之, 생몰연대 불상)

원나라 말기 저장 일대에서 활동함. 산곡 수집 및 편집에 일생을 바친 호존선(胡存善)과 교류하였으며 전원산곡(全元散曲)에 소령 23수가 기록되어 있음.

双调 · 折桂令, 赠胡存善

问蛤蜊风致何如。秀出乾坤, 功在诗书。云叶轻盈, 灵华纤腻, 人物清癯。采燕赵天然丽语, 拾姚卢肘后明珠, 绝妙功夫。家住西湖, 名播东都。

쌍조·절계령(双调·折桂令), 호존선(胡存善)에게 바침

동죽조개 풍미(蛤蜊风致)[1]가 어떠한지 물어보세
자질이 온 천하에서 특출하니
시와 문장에 정성을 다하였음이라
나뭇잎처럼 경쾌하며
꽃처럼 섬세하고 아름답고
사람됨을 닮아 깨끗하여 군더더기 없네
연(燕)과 조(赵)에서 취하여 순수하고 미려하며[2]
요(姚)와 노(卢)의 팔꿈치 뒤에서 보배를 취했으니[3]
솜씨가 절묘하기 그지없어

사는 곳은 시후인데
이름은 동도(东都)⁴⁾에 알려졌네

1) 잡곡, 산곡 등을 창작하던 사람들이 자신들의 취향을 기존의 정통 문인들과 구별하여 동죽조개의 풍미에 비유하였음. 남조 때 제(南朝齐)나라의 왕융(王融)은 자신이 태양과 같은 존재로 천하에 빛을 비추는데도 아무도 이를 모른다고 불평함. 심소략(沈昭略)이 듣고 "그런 건 모르겠고 그냥 동죽조개나 먹으려네."라고 대답하여 다른 일에 관심이 없거나 상관하지 않는 것을 의미하게 됨.
2) 연(燕)과 조(赵)는 춘추전국 시대 지금의 허난, 허베이, 산시 등지에 위치하였던 나라로 많은 영웅과 미인들이 출현하였음. 광범위한 분야에서 장점을 취하였다는 의미.
3) 당시 산곡 작가로 명성을 떨치던 요수(姚燧)와 노지(卢挚).
4) 동도는 일반적으로 뤄양(洛阳)을 가리키나 일설에서는 원나라 때의 다량(大梁, 지금의 카이펑开封)이라고도 함.

双调·折桂令, 七夕

鹊桥横低醮银河, 鸾帐飞香, 凤辇凌波。两意绸缪, 一宵恩爱, 万古蹉跎。剖犬牙瓜分玉果, 吐蛛丝巧在银盒。良夜无多, 今夜欢娱, 明夜如何。

쌍조·절계령(双调·折桂令), 칠석(七夕)

은하수를 스치며 낮게 가로지르는 오작교
난새 휘장(鸾帐)[1] 향기를 흩날리며
봉황 수레(凤辇)[2] 물결 위를 지나가네
서로의 뜻 엉키어 떨어지지 않고
밤을 지새워도 애정은 그대로이니
오랜 세월 헛되이 보내었음이라
송곳니로 과일을 쪼개 옥쟁반에 나누고[3]
토해낸 거미줄로 은그릇을 꾸미리[4]
행복한 밤 자주 있지 않으니
오늘 밤 마음껏 즐기세
내일 밤은 또 어떠려나

1) 부부가 같이 쓰는 침상의 휘장.
2) 서왕모가 봉황이 끄는 수레를 탔음. 이후 신선이나 황제의 수레, 화려하게 장식한 수레를 의미하게 됨.
3) 과일을 정원에 두고 바느질을 잘하게 해 달라고 소원하였음. 과일에 거미줄이 생기면 소원이 이루어진 것으로 생각하였음.
4) 7월 7일에 작은 함에 거미를 담아 놓았다가 아침에 열어보고 거미줄의 상태에 따라 바느질 재능의 수준을 점쳤음. 거미집이 빼곡하면 재능이 많다고 하고 성기면 적다고 하였음.

가고(贾固, 생몰연대 불상)

자는 백현(伯坚), 이저우(沂州, 지금의 산둥 린이临沂) 사람. 양저우로 총관(扬州路总管), 중서성 좌참정사(中书省左参政事) 등을 지내다 탄핵 당함. 소령 1수만 남아 있음.

中吕 · 醉高歌过红绣鞋, 寄金莺儿

乐心儿比目连枝, 肯意儿新婚燕尔。画船开抛闪的人独自, 遥望关西店儿。黄河水流不尽心事, 中条山隔不断相思。当记得夜深沉、人静悄、自来时。来时节三两句话, 去时节一篇诗, 记在人心窝儿里直到死。

중려·취고가 다음 홍수혜(中吕·醉高歌过红绣鞋), 김앵아(金莺儿)에게 부침

비목어(比目鱼)[1]와 연리지(连理枝)처럼 행복했던 마음
신혼 잔치 때보다 들떠 지냈네
떠나가는 배, 홀로 남은 이 상관 않아
멀리 관시(关西)[2] 쪽 여관을 바라만 봤네
마음속 바람은 끝없이 흐르는 황허(黄河) 물이라
중탸오산(中条山)[3]도 그리움을 가로막지 못하네
그때 일 생생하니 깊은 밤

인적은 고요한데
조용히 찾아왔을 때
올 때는 두세 마디 말이었는데
갈 때는 한편 시로구나
사람 가슴속에 새겨 놓아 죽을 때까지 잊지 못하네

1) 넙칫과의 바닷물고기. 몸의 길이는 60cm 정도이고 위아래로 넓적한 긴 타원형이며, 눈이 있는 왼쪽은 어두운 갈색, 눈이 없는 쪽은 흰색. 눈이 한쪽에 몰려 있어 부부간의 애정을 상징.
2) 양관(阳关)의 서쪽 지역. 양관은 간쑤(甘肅) 서쪽, 둔황(敦煌) 서남쪽에 있던 관문. 위먼관(玉門關) 남쪽에 있었기 때문에 양관이라고 하였으며 위먼관과 더불어 서역으로 통하는 요충지였음
3) 산시(山西) 서남쪽에 있는 산.

▶가고가 산둥에서 근무할 때 김앵아라는 재색 겸비한 기녀와 사랑에 빠짐. 서대어사(西台御史)가 되어 헤어진 뒤에도 그녀를 잊지 못하여 이 곡을 써 보냄.

주덕청(周德清, 1277~1365年)

자는 일담(日湛), 호는 정재(挺齋)이며 가오안샤탕(高安暇堂, 장시江西 소재) 사람. 중원 음운(中原音韻)을 저술하여 음성학과 곡률(曲律)의 연구에 공헌함. 소령 31수와 투수 3수가 전함.

中呂 · 滿庭芳, 看岳王传

披文握武, 建中兴庙宇, 载青史图书。功成却被权臣妒, 正落奸谋。闪杀人望旌节中原士夫, 误杀人弃丘陵南渡銮輿。钱塘路, 愁风怨雨, 长是洒西湖。

중려·만정방(中呂·滿庭芳), 악왕전(岳王传)¹⁾을 보며

문무 겸비한 재능으로
사직을 일으키고 중흥시켜²⁾
청사(青史)에 그림과 글로 가득하게 되었네
공을 이루었으나 권신들의 미움을 받아
간악한 모략에 빠지고 말았으니³⁾
 곧 죽게 된 백성들, 중원에 휘날리는 군대 깃발을 갈망했건만
 엉뚱한 이 죽인 황제의 수레 종묘를 버리고 남으로 도망

갔네

첸탕(钱塘)의 거리[4]

쓸쓸한 비바람이 근심과 원망 품은 채

내내 시후(西湖)에 불어치는구나

1) 악비(岳飞)는 송 영종(宁宗) 때 악왕(鄂王)으로 추서되어 악왕(岳王)이라고 부름.
2) 1140년(고종 소흥绍兴 10년) 악비가 주셴진(朱仙镇)에서 김올술(金兀术)의 금나라 군대를 대파하고 카이펑을 압박함으로써 금나라 군대가 와해의 위기에 처함.
3) 1141년 악비는 진회에 의해 날조된 누명을 쓰고 39세의 나이로 처형을 당함.
4) 악비는 죽은 뒤 항저우 서쪽 첸탕현에 묻힘.

中吕 · 满庭芳, 误国贼秦桧

官居极品, 欺天误主, 贱土轻民, 把一场和议为公论。妒害功臣, 通贼虏怀奸诳君, 那些儿立朝堂仗义依仁。英雄恨, 使飞云幸存, 那里有南北二朝分。

중려·만정방(中吕·满庭芳), 나라를 망친 도적 진회(秦桧)

지극히 높은 관직에 있으면서

하늘을 기만하고 주인을 속여

국토를 아까워하지 않고 백성을 경시하면서
한낱 화의를 공론(公论)으로 만들었네
공신을 시샘하여 죽게 하고
오랑캐 적과 내통하며 간사함을 품고 군주를 속였으니
조정을 위하여 정의를 세우고 인의를 베푼 것이 있기나 하더냐
영웅들을 애통해하니
비(飞)와 운(云)이 다행히 살아 있었더라면
남과 북 두 개 왕조로 나뉠 일은 없었으리라

▶ 정강의 난(靖康之难)으로 휘종(徽宗)과 흠종(钦宗)은 금나라의 포로로 잡혀가고 진회는 두 황제를 수행하다가 금나라 임금의 동생인 달라(挞懒)에 의해 풀려난 뒤 남송 고종의 총애를 받아 승상까지 이르러 전권을 휘두름. 금나라와의 강화에 주력하고 휘종과 흠종의 반환 및 실지 회복을 반대함. 1140년 재차 침입한 금나라를 맞아 악비의 군대가 용전부투하여 전세를 뒤집으려 하자 진회 등 주화파는 악비를 강제로 소환하여 누명을 씌우고 아들 악운(岳云), 부장 장헌(张宪)과 함께 살해함. 이어서 금나라와 굴욕적인 사오싱 화의(绍兴和议)를 체결함. 이후 조정에서는 대금 강경론이 사라지고 남송은 멸망의 길로 들어서게 됨.

주덕청은 악비, 한세충(韩世忠), 진회(秦桧)와 장준(张俊) 네 사람을 소재로 만정방(满庭芳) 네 수를 씀.

* * *

中呂 · 紅绣鞋, 郊行 其一

茅店小斜挑草稕, 竹篱疏半掩柴门, 一犬汪汪吠行人。题诗桃叶渡, 问酒杏花村, 醉归来驴背稳。

중려·홍수혜(中呂·红绣鞋), 교외를 걷다 제1수

시골 술집에 걸린 작은 풀잎 표지(草稕)[1]
대 울타리에 반쯤 가려진 사립문에서
개 한 마리 지나가는 이에게 왕왕 짖어대네
도엽 나루터(桃叶渡)[2]에서 시를 짓고
싱화촌(杏花村)[3] 술집 어딘지 묻다가
취하면 나귀 타고 휘적휘적 돌아온다[4]

1) 풀이나 베로 술집 표지를 짜서 막대기에 달아 가게 앞에 걸고 손님을 유인하였음.
2) 동진(东晋)의 왕헌지(王献之)에게 도엽이라는 애첩이 있었는데 그녀는 나룻배를 타고 친화이(秦淮)를 건너다녔음. 왕헌지가 마음이 놓이지 않아 항상 나루터에 맞고 배웅하러 나오곤 하며 '도엽가(桃叶歌)'를 씀. "도엽아 도엽아, 강을 건널 때 노 젓지 마라, 그냥 건너기만 하고 고생할 일 없다, 내가 너를 맞이하러 왔단다(桃叶复桃叶, 渡江不用楫 但渡无所苦, 我自迎接汝)"
3) 두목이 '청명(清明)'을 쓴 이후 싱화촌이 술집을 의미하게 됨.
4) 맹호연이 나귀를 타고 시상을 떠올렸다는 고사의 인용.

中吕 · 红绣鞋, 郊行 其二

穿云响一乘山簥, 见风消数盏村醪, 十里松声画难描。枫林霜叶舞, 荞麦雪花飘, 又一年秋事了。

중려·홍수혜(中吕·红绣鞋), 교외를 걷다 제2수

산악 가마 한 채 '천운향(穿云响)[1]'을 타고
시골 막걸리 '견풍소(见风消)[2]' 몇 잔 마시니
십 리 솔숲에 부는 바람 그림으로 그리지 못하네
서리 맞은 단풍 숲 이파리들 춤추고
메밀밭엔 눈꽃이 나부끼니
또 일 년 가을 추수가 끝났구나

1) 달리는 속도가 매우 빨라서 붙인 이름. 4마리의 말이 끄는 산에서 타는 수레.
2) 뿌리, 줄기, 잎 등을 넣고 만든 약으로 풍과 습한 기운의 제거, 근육과 경락을 풀어주고 해독과 부기를 가라앉히는 데 좋음. 여기서는 술의 이름.

中吕 · 红绣鞋, 郊行 其三

雪意商量酒价, 风光投奔诗家, 准备骑驴探梅花。

几声沙嘴雁, 数点树头鸦, 说江山憔悴煞。

중려·홍수혜(中呂·红绣鞋), 교외를 걷다 제3수

눈이 내리니 술값이 오를 텐데
풍광은 시인의 가슴으로 달려드니
나귀 타고 매화 찾으러 갈 준비하려네[1]
모래톱 부리(沙洲嘴)의 기러기와
나뭇가지 끝 몇 마리 까마귀가
강산이 너무 심하게 초췌해졌다 하네

1) 맹호연이 루먼산(鹿门山)에서 지낼 때 눈 내리는 날 나귀 타고 매화를 찾아다님.

▶원나라 말기가 되면 과거 제도가 부활하여 문인들의 벼슬길 기회가 상대적으로 많아짐. 주덕청도 여러 차례 과거에 응시하였으나 낙방함. 이에 실망한 주덕청은 그의 관심을 원나라 때 성행하게 된 곡체(曲体) 문학으로 돌려 작품 활동에 매진함.
 '홍수혜·교외를 걷다'는 세 수의 소령으로 구성된 산곡.

* * *

双调·蟾宫曲, 别友

倚篷窗无语嗟呀, 七件儿全无, 做甚么人家。柴似灵芝, 油如甘露, 米若丹砂。酱瓮儿恰才梦撒, 盐瓶儿又告消乏。茶也无多, 醋也无多。七件事尚且艰难, 怎生教我折柳攀花。

쌍조·섬궁곡(双调·蟾宫曲), 친구와 헤어지고

봉창(篷窗)[1]에 기대어 말없이 탄식만 하네
일곱 가지 생필품이 하나도 없으니
누구 집을 찾아가 봐야 할까
장작은 영지(灵芝)[2]와 맞먹고
기름은 감로(甘露)[3] 같으며
쌀은 주사(朱砂) 수준이라
장독은 조금 전 바닥이 났고
소금 병도 텅텅 비었네
차도 별로 없고
식초도 떨어졌네
일곱 가지 물건조차 구하기 어려운데
어찌 나에게 버들 꺾고 꽃을 따라 하는가

---

1) 햇빛이나·비·바람을 막기 위해 대나무, 갈대, 거적,·범포(帆布) 따위로 막은 창문.

2) 복용하면 무병장수를 누린다고 여겼던 신선의 약초
3) 천하가 태평하면 하늘에서 내린다고 하는 달콤한 맛의 이슬.

▶원나라는 순제(順帝) 때에 통화정책(변초법 変钞法)의 실패로 10년 동안 물가가 7만 배 상승하는 역사상 최악의 인플레이션을 겪으며 멸망의 길로 들어섬.

* * *

正宮 · 塞鴻秋, 浔阳即景 其一

长江万里白如练, 淮山数点青如淀。江帆几片疾如箭, 山泉千尺飞如电。晚云都变露, 新月初学扇。塞鸿一字来如线。

정궁·새홍추(正宮·塞鴻秋), 쉰양(浔阳)[1] 풍경 제1수

창장 만리 명주같이 희고
화이산(淮山)[2]은 몇 점 푸른 물감이로구나
강 위 몇 척 돛단배 살처럼 질주하고
산속 샘물 천길 위에서 번개같이 떨어지네
저녁 구름은 모두 이슬방울로 변하였고
떠오른 달은 둥글게 펼쳐진 부채로다

변방 기러기들 일자(一字) 만들어 한 줄 실오라기처럼 날아오네

1) 쉰양은 창장이 장시(江西)의 주장(九江) 유역을 지나는 지역.
2) 창장 이북 화이허(淮河) 유역의 산을 가리킴.

正宮 · 塞鴻秋, 潯陽即景 其二

灞橋雪擁驢難跨, 剡溪冰動船難架。秦樓美醞添高價, 陶家風味都閑話, 羊羔飲興佳, 金帳歌聲罷, 醉魂不到藍關下。

정궁·새홍추(正宮·塞鴻秋), 쉰양(潯阳) 풍경 제2수

파교(灞橋)에 눈이 덮이면 나귀가 활보하기 어렵고[1]
산시(剡溪)에 얼음이 얼면 배를 젓기 어렵네[2]
기방의 맛있는 술은 값에 값을 더하고
도가(陶家)의 풍미는 모두 한가로운 이야기로다
양고주(羊羔酒)를 마시고 흥이 일면
금색 휘장 안에서 노래 부르면 될 일이니
취한 영혼 란관(藍關)에 이르지 못하네[3]

1) 파교는 산시 시안(陝西西安)의 동쪽 10km, 바수이(灞水) 강에 놓

인 다리. 수나라 때 건축하였으며 당나라 때는 이 다리에서 전송을 많이 해 소혼교(销魂桥)라고 불렀음. 정계(郑綮)가 "시상은 눈보라 치는 파교에서 나귀를 타고 있을 때 떠오른다."라고 하였음.
2) 산시는 저장에 있는 차오어장(曹娥江) 상류. 왕휘지가 눈이 그친 밤 배를 저어 친구 대규(戴逵)를 찾아왔다가 그냥 돌아간 고사의 인용.
3) 북송 때 도곡(陶谷)이 눈 오는 날 눈 녹인 물로 차를 끓이고 당진(党进)의 가기 출신인 첩에게 당진도 이런 풍류를 즐기는지 묻자 첩은 양고주만 마신다고 대답함. 도곡은 "취한 영혼이 란관(蓝关)에 이르지 못하겠군."이라고 말하며 웃음. 란관은 산시 란톈(陕西蓝田)의 서북쪽에 있는 요새.

* * *

中吕 · 朝天子, 秋夜客怀

月光, 桂香, 趁着风飘荡。砧声催动一天霜。过雁声嘹亮。叫起离情, 敲残愁况, 梦家山身异乡。夜凉, 枕凉, 不许愁人强。

중려·조천자(中吕·朝天子), 가을밤 나그네 설움

달빛 아래
육계 향기(桂香)[1]가
바람 타고 퍼지는데

다듬잇방망이 소리는 하늘 가득 서리를 재촉하네
지나가는 기러기 맑은 울음소리
이별의 서글픔 되살리고
가라앉았던 근심을 두드리네
몸은 타향인데 꿈은 고향일세
서늘한 밤
서늘한 베개
근심 어린 나그네 마음 무너지게 만드네

1) 계(桂)와 귀(归)의 발음이 같아서(구이) 육계(肉桂) 향기를 맡으면 고향 생각을 하게 됨.

▶주덕청은 평생 곤궁한 생활을 하며 타향을 떠도는 삶을 살았음.

종사성(钟嗣成, 약 1275~1350年)

자는 계선(继先), 호는 축재(丑斋)이며 볜량(汴梁, 지금의 허난 카이펑河南开封) 출신. 항저우에 오랫동안 머물며 과거에 수차례 응시하였으나 실패. 20년에 걸쳐 녹귀부(录鬼簿) 2권을 편집하여 원나라 때의 잡극, 산곡 작가 152명과 작품 400여 종을 정리함. 잡극 7종을 썼으나 전하지 않고 소령 59수와 투수 1수가 남아 있음.

正宮 · 醉太平 其一

绕前街后街, 进大院深宅。怕有那慈悲好善小裙钗, 请乞儿一顿饱斋。与乞儿绣副合欢带, 与乞儿换副新铺盖, 将乞儿携手上阳台。设贫咱波奶奶。

정궁·취태평(正宮·醉太平) 제1수

앞 골목 뒷골목을 휘젓고 다니며
큰 집 안채까지도 마구 들어가네
혹시 자비롭고 선량한 여인네가 있어
거지에게 한 끼 배불리 먹게 해줄까
거지에게 합환대(合欢带)[1] 수놓아 주고
거지에게 한 채 새 이불 보따리로 바꾸어 주며

거지의 손을 잡고 양타이(阳台)[2]에 오를까 하네
아주머니, 제발 적선 좀 해 주세요

1) 합환대는 화훼 수 놓은 허리띠로 신혼에 주로 맴.
2) 초 양왕(楚襄王)과 우산 신녀(巫山神女)가 만났던 장소로 남녀가 정분을 나누는 장소를 의미.

正宫 · 醉太平 其二

俺是悲田院下司, 俺是刘九儿宗枝。郑元和俺当日拜为师。传留下莲花落稿子, 捌竹杖绕遍莺花市。提灰笔写遍鸳鸯字, 打爻槌唱会鹧鸪词。穷不了俺风流敬思。

정궁·취태평(正宫·醉太平) 제2수

나는 비전원(悲田院)[1]에서 일하던 사람으로
나는 유구아(刘九儿)[2]와 같은 파 자손이요
그때 정원화(郑元和)[3]를 내가 스승으로 모셨소
구전되는 '연화락(莲花落)[4] 악보를 썼고
대나무 지팡이로 쑤시면서 앵화시(莺花市)[5]를 돌아다니오
붓을 들어 여기저기 원앙(鸳鸯) 글자를 쓰고
북채 저글링(打爻槌)[6]을 하며 자고사(鹧鸪词)[7]를 부르니
가난이 나의 풍류를 말릴 수 없다오

1) 거지 수용소.
2) 원나라 희극에서 많이 사용되던 거지의 이름.
3) 원나라 때 평민들 사이에 널리 퍼져 있던 이야기의 주인공. 명문 집안의 자녀였던 정원화는 기녀 이아선(李亚仙)과 사랑에 빠진 뒤 포주에게 속아 가산을 탕진하고 거지로 전락하였으나 이아선의 내조로 과거에 급제함.
4) 거지들이 구걸할 때 부르던 노래.
5) 기녀들이 모여 살던 지역.
6) 거지들이 하던 기예. 3개의 북채를 교차로 던지고 받고 하면서 북을 쳤으므로 삼봉고(三棒鼓)라고도 하였음.
7) 당나라 때 교방곡의 명칭.

正宮·醉太平 其三

风流贫最好, 村沙富难交。拾灰泥补砌了旧砖窑, 开一个教乞儿市学。裹一顶半新不旧乌纱帽, 穿一领半长不短黄麻罩, 系一条半联不断皂环绦, 做一个穷风月训导。

정궁·취태평(正宮·醉太平) 제3수

가난하나 풍류 넘치는 이가 가장 좋으며
부유하나 상스러운 인간과 사귀기 어렵네
진흙을 가져다 낡은 벽돌집을 수리하여

거지 아이들 가르치는 학교를 열었었네
머리는 중고 오사모(乌纱帽)[1]로 반쯤 가리고
몸에는 애매한 길이의 거친 베옷을 덮은 데다
끊어질 듯 말 듯 검은 허리 끈을 묶었으니
가난하나 풍류 넘치는 훈장이로다

[1] 오사모는 원래 민간에서 사용하던 일반적인 모자였는데 동진(东晋) 때 관리의 복식으로 도입되기 시작하였고 수나라 때 정식 관복으로 정착됨.

▶원나라 때는 빈부격차가 심각한 사회 문제였는데 특히 문인이나 지식인들은 관직에 진출할 기회도 없고 경제적 능력도 없어 구유십개(九儒十丐)의 처지로 전락함. 종사성은 거지의 입장을 빌려 이러한 사회적 부조리를 비판함.

* * *

双调 · 清江引 其五

到头那知谁是谁, 倏忽人间世。百年有限身, 三寸元阳气, 早寻个稳便处闲坐地。

쌍조·청강인(双调·清江引) 제5수

도대체 뭐가 뭔지 어떻게 알겠는가
인간 세상 한순간인걸
아무리 살아봐야 백 년이요
명이 길다 한들 세 치에 불과하니
일찌감치 적당한데 찾아 마음 편하게 지내야지

双调 · 清江引 其六

秀才饱学一肚皮, 要占登科记。假饶七步才, 未到三公位。早寻个稳便处闲坐地。

쌍조·청강인(双调·清江引) 제6수

수재라 학식이 아무리 가득해도
등과기(登科记)[1]에 이름을 올리지 않으면 소용없네
설사 칠보의 재주(七步才)[2]가 있다 해도
삼공(三公)의 자리에 이르지 못하면 무엇 하나
일찌감치 적당한데 찾아 마음 편하게 지내야지

---

1) 진사에 급제하는 것을 등과(登科)라 하고 진사 급제한 사람의 인명을 정리한 것을 등과기라 하였음.

2) 위 문제(魏文帝) 조비(曹丕)는 동생 조식(曹植)에게 일곱 걸음 걷는 동안 시를 지으라고 명하며 짓지 못할 경우 처벌하겠다고 함. 조식은 즉시 "콩을 삶아 국을 끓이려, 콩을 걸러 즙을 만드네. 죽지를 솥 밑에서 태우니, 콩이 솥 안에서 우는구나. 본래 같은 뿌리에서 났건만, 서로 괴롭힘이 어찌 이리 급한가(煮豆持作羹, 漉豆以为汁 萁在釜底燃, 豆在釜中泣 本是同根生, 相煎何太急)"라는 칠보시(七步诗)를 지음. 이후 창작 구상이 매우 빠른 것을 칠보재(七步才)라 하였음.

双调 · 清江引 其八

凤凰燕雀一处飞, 玉石俱同类。分甚高共低, 辨甚真和伪。早寻个稳便处闲坐地。

쌍조·청강인(双调·清江引) 제8수

봉황과 되새가 한꺼번에 날고
옥과 돌이 모두 섞여 있어
높음과 낮음의 나눔과
참과 거짓의 분별이 안 되는구나
일찌감치 적당한데 찾아 마음 편하게 지내야지

▶종사성은 인생 꿈과 같으므로 화를 멀리하는 것이 최고라는 내용의 쌍조·청강인(双调·清江引) 열 수를 씀.

***

双调 · 凌波仙, 吊周仲彬

丹墀未知玉楼宣, 黄土应理白骨冤, 羊肠曲折云更变。料人生亦惘然, 叹孤坟落日寒烟。竹下泉声细, 梅边月影圆, 因思君歌舞十全。

쌍조·능파선(双调·凌波仙), 주중빈(周仲彬)을 애도하며

붉은 섬돌 아직 옥루선(玉楼宣)[1]을 알지 못하나
황토는 당연히 백골의 억울함을 들어야 하리니
양 창자처럼 곡절 많고 구름처럼 변화무쌍했던 인생이라
인생이 이렇게 허망한가 생각하다
외로운 무덤 위 지는 해와 차가운 안개를 탄식하네
대나무 숲 가느다란 샘물 소리
매화나무에 걸린 둥그런 달이
춤이면 춤 노래면 노래 최고였던 자네를 떠오르게 하네

---

1) 이상은(李商隐)의 '이장길 소전(李长吉小传)' 중 옥황상제가 흰 옥루를 지어 놓고 이장길을 불러 갔다는 부분의 인용. 젊은 나이에 요절한 사람을 옥루선이라 칭하게 됨.

▶종사성은 '녹귀부(录鬼薄)'에서 주문질(周文质, 자 중빈仲彬)과의 관계를 "나와 사귄 지 20년인데 아직 반걸음도 서로 떨어져 본 적이 없다."라고 표현. 주문질이 1334년(혜종 원통惠宗元统 2년)에 병사하자 이 곡을 써 애도함.

수경신(睢景臣, 약 1275~1320年)

이름을 순신(舜臣)이라고도 하며 자는 가빈(嘉宾). 장쑤 양저우 출신. 1303년(성종 대덕大德 7년) 항저우로 이주하여 종사성(钟嗣成)과 교류함. '굴원이 강에 몸을 던지다(屈原投江)', '천리 길을 배웅하다(千里投人)', '목단기(牡丹记)' 3종의 잡극을 썼으나 전하지 않고 전원산곡(全元散曲)에 투수 3수가 있음.

般涉调·哨遍, 高祖还乡

【哨遍】社长排门告示, 但有的差使无推故, 这差使不寻俗。一壁厢纳草也根, 一边又要差夫, 索应付。又言是车驾, 都说是銮舆, 今日还乡故。王乡老执定瓦台盘, 赵忙郎抱着酒胡芦。新刷来的头巾, 恰糨来的绸衫, 畅好是妆幺大户。

【耍孩儿】瞎王留引定火乔男女, 胡踢蹬吹笛擂鼓。见一彪人马到庄门, 匹头里几面旗舒。一面旗白 胡阑套住个迎霜兔, 一面旗红曲连打着个毕月乌。一面旗鸡学舞, 一面旗狗生双翅, 一面旗蛇缠葫芦。

【五煞】红漆了叉, 银铮了斧, 甜瓜苦瓜黄金镀, 明晃晃马镫枪尖上挑, 白雪雪鹅毛扇上铺。这些个乔人物, 拿着些不曾见的器仗, 穿着些大作怪的衣服。

【四煞】辕条上都是马, 套顶上不见驴, 黄罗伞柄天生曲,车前八个天曹判,车后若干递送夫。更几个多娇女,一般穿着,一样妆梳。

【三煞】那大汉下的车,众人施礼数,那大汉觑得人如无物。众乡老展脚舒腰拜,那大汉挪身着手扶。猛可里抬头觑,觑多时认得,险气破我胸脯。

【二煞】你身须姓刘,你妻须姓吕,把你两家儿根脚从头数,你本身做亭长耽几杯酒,你丈人教村学读几卷书。曾在俺庄东住,也曾与我喂牛切草,拽坝扶锄。

【一煞】春采了桑,冬借了俺粟,零支了米麦无重数。换田契强秤了麻三秆,还酒债偷量了豆几斛,有甚糊突处。明标着册历,见放着文书。

【尾】少我的钱差发内旋拨还,欠我的粟税粮中私准除。只道刘三谁肯把你揪扯住,白甚么改了姓、更了名、唤做汉高祖。

반섭조·초편(般涉调·哨遍), 고조(高祖) 고향에 돌아오다

【초편(哨遍)】
촌장이 집집마다 고시하였으나
어떤 관리가 이 핑계 저 핑계로 거절하니
이 관리는 유별나기도 하네
한편으로 풀을 베어 가축을 먹여야 하고
한편으론 노역을 보내야 하니
반드시 성실하게 대응해야 하리라

또 이르기를 차가(车驾)라기도 하고
모두 난여(銮舆)라고도 하는 것이[1]
오늘 옛 고향으로 돌아왔도다
왕(王) 씨 어르신은 도기 밥상을 내어 오고
조(赵) 씨 농사꾼은 술 조롱박을 들고 오네
새로 씻은 두건에다
적당히 풀 먹인 저고리 입은 놈은
참으로 허세 부리기 좋아하는 후레자식일세

【사해아(耍孩儿)】

아무 생각 없는 왕류(王留)[2]가 데려온 너절한 남자 여자들
제멋대로 엉터리 피리 불고 북을 치네
마을 어귀에 온 한 무리 인마를 보니
행렬 선두에 몇 폭 깃발이 펄럭이네
어떤 깃발에는 하얀 원에 영상토(迎霜兔)[3] 갇혀 있고
다른 깃발에는 붉은 원에 필월오(毕月乌)[4] 앉았으며
닭이 춤을 배우는 깃발이 있는가 하면
두 날개가 생긴 개 그림 깃발과
뱀이 마늘 같은 것을 휘감고 있는 것도 있네

【오살(五煞)】

붉게 옻칠한 쇠스랑
은으로 광택을 낸 도끼
황금으로 칠한 참외와 오이
창끝으로 치켜든 반짝이는 등자[5]
눈같이 흰 거위 털 부채
이렇게 별의별 이상한 사람들이

한 번도 본 적이 없는 무기를 들고
기괴하기 짝이 없는 옷을 입고 있네
【사살(四煞)】
끌채에 매인 것은 모두 말이라
덮개 앞에 나귀는 보이지 않고
누런 비단 우산은 자루가 구불텅하네
수레 앞엔 하늘의 여덟 재판관이 섰고
뒤에는 몇 명씩 수레를 따르고 있네
또한 여러 아리따운 여자들이 있는데
같은 옷을 입고
같은 화장을 하였구나
【삼살(三煞)】
저 덩치 큰 사내 수레에서 내리니
모든 사람 격식을 차리네
저 덩치 큰 사내 안하무인 사람들을 쳐다보니
마을 어른들은 허리를 굽신거리며 절을 하고
저 덩치 큰 사내 몸을 들것에 옮기네
우연히 고개를 살짝 들고 흘깃 훔쳐보다
몇 번 보다 보니 안면이 있는 놈이라
하마터면 부아가 터질 뻔했네
【이살(二煞)】
네놈 성은 유(刘)가 틀림없고
네 마누라는 여(呂) 가였는데
너희 양쪽 집안을 속속들이 알고 있으니
너는 본래 정장(亭长)질 하면서 술을 탐하였고[6]

네 장인은 사설 서당에서 책 읽는 것 가르치지 않았느냐
일찍이 우리 동네 동쪽에 살면서
나와 같이 소 먹이고 풀을 베며
호미로 김매고 갈퀴로 땅도 골랐었지

【일살(一煞)】
봄이면 뽕을 몰래 따 가고
겨울이면 곡식을 빌려 갔는데
자잘하게 가져간 쌀과 보리는 셀 수도 없네
땅문서 맡긴 뒤 어거지로 삼 세 간(秆)[7]으로 쳐서 받고
술 빚은 양을 속여 콩 몇 곡(斛)[8]으로 갚지 않았느냐
정리하지 않은 것이 어떤 것이냐
장부에 모두 분명히 적혀 있으니
문서가 여전히 있어 보면 알 것이라

【미(尾)】
내 돈을 빌렸다가 관가에 가면 후딱 갚고
내게 빚진 곡식은 세금에서 몰래 빼어 돌려주곤 하였는데
유삼(刘三)[9]에게 이르노니 누가 너를 꼬드겼는지 알 수 없으나
무슨 일로 성을 바꾸고 이름을 고쳐 한 고조(汉高祖)라 하였느냐

---

1) 차가와 난여는 천자의 수레를 이르는 용어.
2) 원곡에서 자주 나오는 주제넘게 나서는 시골 청년의 이름.
3) 고대 신화에서 달에서 방아를 찧는다는 옥토끼.
4) 전설상의 삼족오(三足乌). 고대 중국에서는 해와 달, 다섯 개의 별

(火, 水, 木, 金, 土)과 각종 새와 짐승들이 28 별자리를 차지하였는데 삼족오는 서쪽 7자리 별 중 다섯 번째.
5) 금월부(金钺斧) 등과 함께 행렬 앞에서 들고 나가던 등잔을 조천등(朝天镫)이라 하였음. 마구(마具)의 등자(镫子)를 거꾸로 한 것 같다 해서 이렇게 말함.
6) 유방(刘邦)은 원래 쓰수이(泗水, 산둥성에 있는 현)에서 정장을 하였음. 십 리를 정(亭)이라 하고 십 정을 향(乡)이라 하였음.
7) 시골에서는 열 근(斤)이 한 간(秆)에 해당하였음.
8) 곡식, 액체, 가루 따위의 분량을 되는 데 쓰는 그릇 또는 용량의 단위. 본래 10두(斗)가 1곡(斛)이었다가 이후 5두로 바뀜.
9) 유방을 형제 중 셋째라고 하여 유삼이라고 부름.

▶한 고조 유방은 황제에 오르자 회음후 한신(淮阴侯韩信)을 죽이고 직접 군대를 이끌어 화이난 왕 경포(淮南王黥布)의 반란을 진압한 뒤 고향 페이현(沛县)에 들러 마을 사람들에게 잔치를 베풀면서 대풍가(大风歌)를 지어 부름.

초편(哨遍)은 곡패의 이름으로 초편(稍遍)이라고도 함. 반섭조(般涉调)에 속하나 중려궁에 포함되기도 함. 소식(苏轼)이 '동파사(东坡词)'에서 처음 사패로 지었는데 원나라 때 곡패로 발전하게 됨. 사해아(耍孩儿)는 산시(山西) 북부와 네이멍구 일대에서 유행하는 지방 희곡의 일종이며 살(煞)은 머릿곡과 꼬리 곡 중간에 사용되던 곡패.

주호(周浩, 생몰연대 불상)

주고(周诰)라고도 하며 종사성과 동시대 사람으로 추정. 산곡 1수가 남아 있음.

双调 · 蟾宫曲, 题录鬼簿

想贞元朝士无多, 满目江山, 日月如梭。上苑繁华, 西湖富贵, 总付高歌。麒麟冢衣冠坎坷, 凤凰城人物蹉跎。生待如何, 死待如何。纸上清名, 万古难磨。

쌍조·섬궁곡(双调·蟾宫曲), 녹귀부(录鬼簿)를 위해 쓰다

정원(贞元) 때의 재주꾼들 흔치 않은데[1]
두 눈 가득히 강산이요
해와 달은 베틀 북같이 오가는구나
상림원(上林苑)[2]의 번화함
시후(西湖)의 부귀[3]
모두 노랫말에만 남아 있을 뿐
기린총(麒麟冢)[4]의 고관들 모두 잠잠하고
봉황성(凤凰城)[5] 사람들 인생 헛되어라
살아서는 어떠하며
죽어서는 어떠한가

종이 위의 빼어난 이름만이
영원히 지워지지 않으리

1) 정원(贞元)은 당 덕종(唐德宗, 785~805)의 연호. 유우석(刘禹锡)은 정원 때 낭관 어사(郎官御史)를 지내다가 왕숙원(王叔文) 일파에게 축출당함. 20여 년 뒤 태자 빈객(太子宾客)으로 다시 복귀하여 쓴 '옛 궁중악인 목 씨의 노래를 듣다(听旧宫中乐人穆氏唱歌)' 중에서 "그때 황제께 바치던 노래 부르지 마라, 정원 때의 재사들 몇 명 없다네(休唱当时供奉曲, 贞元朝士已无多)"라고 한 부분을 인용하여 원나라 말기가 되면서 뛰어난 원곡 작가들이 드물어진 것을 탄식함.
2) 황제의 정원. 여기서는 당시 수도 다두(大都, 지금의 베이징)의 고관대작을 비유.
3) 항저우 시후 주변에 거상들이 많이 살았음.
4) 왕후와 귀족들의 무덤.
5) 당시의 서울.

▶ 종사성은 시공을 뛰어넘는 문학 작품을 '죽지 않는 귀신(不死之鬼)'이라 칭함. 주호는 종사성의 '녹귀부(录鬼簿)'를 위해 본 곡을 쓰고 정통 문인들에게 천시되던 신흥 통속문학을 찬미함.

왕원형(汪元亨, 생몰연대 불상)

자는 협정(协贞), 호는 운림(云林) 및 린촨일로(临川佚老). 라오저우(饶州, 지금의 장시 보양현江西波阳县) 사람. 원나라 말엽 저장성 연(浙江省掾)으로 관직을 시작하여 뒤에 창수(常熟)로 옮겼으며 상서(尚书)까지 이름. 소령 100수(경세警世 20수, 귀전록归田录 80수)와 산곡 100수, 투수 1수가 남아 있음.

正宮 · 醉太平, 警世 其一

辞龙楼凤阙, 纳象简乌靴。栋梁材取次尽摧折, 况竹头木屑。结知心朋友着疼热, 遇忘怀诗酒追欢说, 见伤情光景放痴呆。老先生醉也。

정궁·취태평(正宮·醉太平), 스스로를 깨우침 제1수

황제의 궁궐에 사직을 청하고
상아홀(象牙笏)과 검은 가죽신을 반납하였네
기둥 재목도 마구 부서지거늘
대나무 끄트러기, 나무 부스러기야 말해 무엇하랴
진정한 친구를 사귀어 관심 두고 아껴주며
기쁜 일 생기면 시 읊고 취하여 마음껏 즐기고

아픈 일 당하면 있는 그대로 슬퍼하면 되리니
어르신네 역시 취함이 마땅하니라

正宮 · 醉太平, 警世 其二

憎苍蝇竞血, 恶黑蚁争穴。急流中勇退是豪杰, 不因循苟且。叹乌衣一旦非王谢, 怕青山两岸分吴越, 厌红尘万丈混龙蛇。老先生去也。

정궁·취태평(正宮·醉太平), 스스로를 깨우침 제2수

파리 떼 피를 다투는 것 가증스럽고
흑개미들 굴을 놓고 싸우는 것 지겹네
급류 중에 용퇴함이 호걸이니
시류에 따라 구차할 일 없음이라
하루아침에 우이(乌衣)가 왕사(王谢) 아니게 됨 탄식하며[1]
푸른 산 양안이 오월(吴越)로 나누어질까 두렵구나
흙먼지 온통 자욱하여 용과 뱀 분간 안 됨을 견딜 수 없으니
어르신네 역시 떠남이 마땅하니라

1) 우이(乌衣)는 진링(金陵)에 있던 마을로 육조(六朝) 때 왕도(王导)와 사안(谢安) 두 유력 가문이 거주하고 있었음.

正宮 · 醉太平, 警世 其三

结诗仙酒豪, 伴柳怪花妖。白云边盖座草团瓢, 是平生事了。曾闭门不受征贤诏, 自休官懒上长安道, 但探梅常过灞陵桥。老先生俊倒。

정궁·취태평(正宮·醉太平), 스스로를 깨우침 제3수

시 친구 술벗을 맺으며
오랜 버드나무와 아름다운 꽃을 반려로 삼았네
흰 구름 있는 곳에 둥근 초가집 한 채
평생 바라던 일이라
문을 굳게 닫고 인재 부르심을 사양한 지 오래이니
스스로 관직을 그만두고 장안 길(长安道)을 마다하며
단지 매화를 찾아 늘 파릉교(灞陵桥)[1]를 건너고자 하였네
어르신네여 크게 기뻐할 일 아닌가

1) 한 문제(汉文帝)의 무덤인 파릉이 장안의 동쪽에 있으며 부근의 다리가 당시 사람들의 송별 장소였음.

▶왕원형이 쓴 정궁·취태평(正宮·醉太平) 스무 수 중 세 수.

***

双调·雁儿落过得胜令, 归隐 其二

【雁儿落】闲来无妄想, 静里多情况。物情螳捕蝉, 世态蛇吞象。【得胜令】直志定行藏, 屈指数兴亡。湖海襟怀阔, 山林兴味长。壶觞, 夜月松花酿。轩窗, 秋风桂子香。

쌍조·안아락 다음 득승령(双调·雁儿落过得胜令), 관직에서 물러나다 제2수

【안아락(雁儿落)】
한가해지니 헛된 생각 없어지고
고요한 가운데 많은 흥취가 있네
인심은 사마귀가 매미를 잡는 것이요
세상 돌아가는 것 뱀이 코끼리 삼키려는 형국일세
【득승령(得胜令)】
곧은 뜻으로 나아감과 물러남을 정하였으며
손가락을 구부리며 흥하고 망함을 헤아렸네
호수 바다를 향한 마음 한없이 크고
산림에서의 정취는 끝이 없어라
술잔에
송화주를 채운 달밤

창문엔
가을바람이 물푸레 향기를 싣고 오네

双调·雁儿落过得胜令, 归隐 其十二

【雁儿落】至如富便骄, 未若贫而乐。假遭秦岭行, 何似苏门啸。【得胜令】满瓮泛香醪, 欹枕听松涛。万里天涯客, 一枝云外巢。渔樵, 坐上供吟笑。猿鹤, 山中作故交。

쌍조·안아락 다음 득승령(双调·雁儿落过得胜令), 관직에서 물러나다 제12수

【안아락(雁儿落)】
부요해졌다고 교만해진다면
가난하나 즐거움 누림보다 못한 법
혹여 친링(秦岭)을 지나야 한다면[1]
어찌 쑤먼(苏门)의 휘파람에 비하랴[2]
【득승령(得胜令)】
장독 가득한 술, 사방에 향기 퍼지고
베개에 기대니 솔숲 파도 소리 들려오네
만리타향 떠도는 나그네
한 줄기 가지이면 구름 너머 둥지를 트네

어부와 나무꾼이 찾아와
같이 앉아 웃으며 시를 읊고
원숭이와 학을 찾아
산속 친구로 삼게 되네

1) 당의 한유(韩愈)가 부처 사리의 궁궐 반입을 반대하는 상소를 올렸다가 헌종(宪宗)의 노여움을 사 차오저우(潮州)로 좌천되어 가던 길에 쓴 시 '좌천되어 란관에 도착하여 조카 손자 상에게 이르다(左迁至蓝关示侄孙湘)' 중 "구름이 친링에 가로 걸렸는데 내 집은 어디 있나, 눈이 란관을 뒤덮어 말도 나아가지 못하네(云横秦岭家何在, 雪拥蓝关马不前)"를 인용.
2) 서진(西晋)의 완적(阮籍)이 손초(孙楚)와 쑤먼산(苏门山, 허난 후이현辉县에 소재)에서 만나 서로 휘파람을 불면서 거닐곤 함.

▶왕원형이 관리 생활을 청산하고 낙향의 의지를 담아 쓴 '안아락 다음 득승령(雁儿落过得胜令)' 스무 수 중 두 수.

* * *

双调 · 沉醉东风, 归田 其二

远城市人稠物穰, 近村居水色山光。熏陶成野叟情, 铲削去时官样, 演习会牧歌樵唱。老瓦盆边醉几场, 不撞入天罗地网。

쌍조·침취동풍(双调·沉醉东风), 낙향 제2수

사람 북적대고 물산 넘쳐나는 도시를 멀리하고
물 좋고 산 좋은 시골로 가 자리 잡았네
촌 늙은이 성질을 갈고닦아
관료의 모습 긁어내어 없애고
목동의 노래 나무꾼의 소리 연습하네
막사발 몇 잔으로 취하며
빈틈없는 그물망에 걸리지 않으리

双调 · 沉醉东风, 归田 其十六

达时务呼为俊杰, 弃功名凯是痴呆。脚不登王粲楼, 手莫弹冯谖铗, 赋归来竹篱茅舍。今古陶潜是一绝, 为五斗腰肢倦折。

쌍조·침취동풍(双调·沉醉东风), 낙향 제16수

시대를 통달하면 영웅호걸이라 불리고
공명을 버리면 바보가 되는 건가
발로는 왕찬(王粲)의 누각에 오르지 않고[1]
손으로는 풍환(冯谖)의 칼을 타지 않으며[2]

대 울타리 초가집으로 돌아갈 뜻 고하리라
예나 지금이나 도잠(陶潛)만이 오직 영웅이니
다섯 말 쌀을 위해 허리 굽혀야 하랴

1) 동한 말기 젠안 칠자(建安七子, 공융孔融, 진림陈琳, 왕찬王粲, 서간徐干, 완우阮瑀, 응창应场, 유정刘桢) 중 한 사람. 장안의 혼란을 피해 징저우(荆州)의 유표(刘表)에 기탁하였으나 중용되지 못함. '등루부(登楼赋)'를 써 자신의 재능이 때를 만나지 못함을 한탄함.
2) 맹상군(孟尝君)의 식객이었던 풍환이 맹상군에게 인정받지 못하자 칼을 타며 노래한 고사의 인용. "긴 칼이 찾아왔는데 생선이 없네."라고 하여 생선을 주자 수레가 없다고 하고 수레를 주자 집이 없다고 불평함.

▶왕원형은 굴곡 많은 관리 생활을 겪고 번잡한 도시를 떠나 시골로 낙향한 뒤 목가적인 전원생활에 도취하여 '침취동풍, 낙향(沉醉东风·归田)' 20수를 씀.

* * *

中吕 · 朝天子, 归隐

长歌咏楚词, 细赓和杜诗, 闲临写羲之字。乱云堆里结茅茨, 无意居朝市。珠履三千, 金钗十二, 朝承恩暮赐死。来商山紫芝, 理桐江钓丝, 毕罢了功名事。

쌍조·침취동풍(双调·朝天子), 관직에서 물러나다

항상 초사(楚词)[1]로 노래지어 부르며
두보 흉내 내어 시를 쓰기도 하고
한가하면 왕희지 서체로 글을 쓰네
구름 자욱한 곳에 짚 이엉을 엮으니
도회에서 살 생각 조금도 없네
삼천 명 구슬 신발 식객이 붐비고[2]
열두 처첩이 있다 한들[3]
아침에 은총 입었다 저녁에 죽임당하고 마네
상산(商山)에서 영지를 캐고[4]
퉁장(桐江)에서 낚싯줄 드리우니[5]
더 이상 부귀공명 구할 일 없어라

1) 굴원의 작품으로 대표되는 소부체(骚赋体) 문학. 소부체는 한부(汉赋)의 한 장르로 초사(楚辞)의 형식을 빌려 형성 발전됨.
2) '사기 춘신군 열전(史记春申君列传)'에 춘신군에게는 3천여 식객이 있었는데 모두 구슬 장식 신발을 신었다고 기록함.
3) 백거이가 재상 우승유(牛僧孺)의 집에 가기와 무희가 무척 많음을 빗대어 금비녀 십이행(金钗十二行)이라고 하여 이후 많은 처첩을 의미하게 됨.
4) 상산은 산시 상현(陕西商县)에 있는 산으로 4명의 현인이 은둔하며 영지버섯을 먹고 살았는데 눈썹과 수염이 새하얗게 될 때까지

장수하였음. 한 고조가 불러도 나가지 않았으며 이들을 상산사호(商山四皓 : 동원공东园公, 하황공夏黄公, 기리계绮里季, 녹리선생甪里先生)라고 부름.
5) 동한의 엄광(严光)은 광무제(光武帝)의 초빙을 거절하고 푸춘장(富春江)에 은거한 채 낚시하며 소일함. 퉁장은 옌저우(严州)에서 퉁루(桐庐)에 이르는 푸춘장의 다른 이름.

▶왕원형이 쓴 조천자, 낙향(朝天子,归隐) 20수 중 제2수.

일분아(一分儿, 생몰연대 불상)

성은 왕(王), 당시 노래와 춤이 최고였다고 평가받았던 기생으로 일분아는 예명.

双调 · 沉醉东风

红叶落火龙褪甲,青松枯怪蟒张牙,可咏题堪描画。喜觥筹席上交杂。答剌苏频斟入礼厮麻, 不醉呵休扶上马。

쌍조·침취동풍(双调·沉醉东风)

붉은 잎 떨어짐은 화룡이 비늘을 벗음이요
푸른 소나무 시들어 아가리 벌린 구렁이 되니
과연 시로 읊고 그림으로 그릴만 하네
흥겹게 술잔과 산가지(酒筹)[1]를 뒤섞으며
리쓰마(礼厮麻)에 다라쑤(答剌苏)를 쉴 새 없이 따르니[2]
취하지 않고 말에 탈 생각일랑 하지도 마라

1) 술 마실 때 술잔을 세거나 술 마시기 놀이할 때 쓰던 산가지.
2) 다라쑤는 술의 몽골 말, 리쓰마는 술잔의 이름으로 추정.

▶이 곡의 창작 시기는 알 수 없음. 하정지(夏庭芝)의 청루집(青楼集)에 정(丁) 씨 성의 관원이 주최한 연회에서 일분아가 이 노래를 부르자 정 씨가 다른 가기들의 노래를 멈추게 하였다는 기록이 있음.

양유정(杨维桢, 1296~1370年)

자는 염부(廉夫), 만년에 스스로 노철(老铁), 포유노인(抱遗老人), 동유자(东维子)라는 호를 붙임. 후이지(会稽, 저장 주지諸暨)의 펑챠오 취안탕(枫桥全堂) 출신. 육거인(陆居仁), 천유선(钱惟善)과 더불어 원말 3고사(元末三高士)로 불림. 1328년(태정泰定 4년)에 진사 급제. 톈타이현윤(天台县尹), 졘더로 총관추관(建德路总管推官) 등을 역임하다 원말 농민 봉기가 폭발하자 푸춘장(富春江) 일대로 피신. 장사성(张士诚)의 거듭된 요청을 거절하고 나오지 않음. 동유자 문집(东维子文集)과 철애선생 고락부(铁崖先生古乐府)가 전함.

中吕·普天乐

十月六日, 云窝主者设燕于清香亭, 侑卮者东平玉无瑕张氏也。酒半, 张氏乞手乐章。为赋双飞燕调, 俾度腔行酒以佐主宾。

玉无瑕, 春无价, 清歌一曲, 俐齿伶牙。斜簪剃髻花, 紧嵌凌波袜。玉手琵琶弹初罢, 怎教他流落天涯。抱来帐下, 梨园弟子, 学士人家。

중려·보천악(中吕·普天乐)

시월 육 일, 운와(云窝)의 주인이 청향정(清香亭)에서 연회를 열었는데, 술 권하고 흥 북돋우는 이 둥핑(东平)의 보물 장 씨도 참석하였다. 술이 절반쯤 되어 장 씨에게 악장을 부탁하자 쌍비연(双飞燕) 가락으로 부(赋)를 지어 부르며 잔이 비면 술을 따라 주인과 손님들의 흥을 도왔다.

흠 없는 옥이요
값을 매길 수 없는 봄이로다
한 곡 노래 맑은소리며
말솜씨 또한 능수능란하구나
빗어 올린 상투 꽃에 비녀 비스듬하고
예쁜 버선은 발에 꼭 조이네
비파를 타는 손 옥 같은데
어쩌다 세상 끝까지 떠돌게 되었나
마침 학사(学士) 집안에서
거두어 주어
이원제자(梨园弟子)[1]가 되었네

1) 당 현종 때, 이원(梨园)의 가무 예인을 '이원제자'라고 불렀는데 이후 전통극 배우나 전통극 공연에 종사하는 전업 예인을 가리키는 말이 됨.

예찬(倪瓚, 1301~1374年)

자는 원진(元镇), 호는 운림자(云林子), 형만민(荆蛮民), 풍월주인(风月主人), 창랑만사(沧浪漫士), 정명암주(净名庵主) 등이며 우시(无锡) 출신. 황공망(黃公望), 왕몽(王蒙), 오진(吴镇)과 더불어 원나라 4대 화가로 불림. 집안이 부유하여 청비각(清閟阁)을 짓고 많은 서첩과 그림을 보관. 원 말기에 가산을 버리고 배를 타고 우후(五湖)와 산마오(三泖)를 다니며 자칭 나찬(懒瓚), 예우(倪迂)라고 함. 청비각집(清閟阁集)과 소령 12수가 전함.

黄钟 · 人月圆 其一

伤心莫问前朝事, 重上越王台。鹧鸪啼处, 东风草绿, 残照花开。怅然孤啸, 青山故国, 乔木苍苔。当时明月, 依依素影, 何处飞来。

황종·인월원(黄钟·人月圆) 제1수

가슴이 아프니 전 왕조 일을 묻지 마라
또다시 월왕대(越王台)¹⁾ 에 오르니
자고새 처절하게 울부짖는데
초록의 풀에 동풍이 불고

석양 남은 햇살은 꽃을 피우네
낙담하여 홀로 부는 피리
고국의 청산에는
나무마다 푸른 이끼 가득하네
그때의 밝았던 달
부드러운 맑은 빛이
어디에서 날아오는 거냐

1) 월왕 구천이 지은 누대로 여기서 병사들을 점호하며 복수의 칼을 갈았음.

黄钟·人月圆 其二

惊回一枕当年梦, 渔唱起南津。画屏云嶂, 池塘春草, 无限消魂。旧家应在, 梧桐覆井, 杨柳藏门。闲身空老, 孤篷听雨, 灯火江村。

황종·인월원(黄钟·人月圆) 제2수

한숨 자며 그때 호시절 꿈을 꾸다
남쪽 나루터 고기잡이 노래에 정신이 들었네
구름 봉우리가 그림병풍처럼 둘러치고
연못엔 봄 풀 무성해진 모습

너무 슬퍼 넋이 나간 듯하였네
옛집은 아직 그대로 일 텐데
오동나무 가지는 우물을 덮고
버드나무가 문을 가리었겠지
한가롭게 늙어가는 신세
외로운 돛단배 빗소리 들리는데
강변 마을엔 등불이 아물거린다

▶예찬이 만년에 타이후와 산마오(三泖, 쑹장松江 서북쪽 수역) 사이에 은거할 때의 작품. 원나라 말기가 되자 곳곳에서 반란이 일어남. 예찬은 국운이 이미 기울어 머지않아 닥칠 붕괴를 예감하고 장사성(张士诚)의 초빙을 피하여 배에 의지하여 장쑤와 저장 일대를 유랑함.

***

越调 · 小桃红, 秋江 其一

陆庄风景又萧条, 堪叹还堪笑。世事茫茫更谁料, 访鱼樵。后庭玉树当时调, 可怜商女, 不知亡国, 吹向紫鸾箫。

월조·소도홍(越调·小桃红), 가을 강 제1수

루장(陆庄) 풍경도 스산하여
탄식할 만하고 또 웃을 만도 하다
세상사 막막할 줄 누가 생각이나 하였으랴
어부와 나무꾼이나 찾아가세
후정옥수(后庭玉树) 그때의 가락
가련하구나 노래하는 여인은
나라 망하는 것도 모르고
봉황을 향해 피리를 부는구나

越调 · 小桃红, 秋江 其二

一江秋水澹寒烟, 水影明如练, 眼底离愁数行雁。雪晴天, 绿蘋红蓼参差见。吴歌荡桨, 一声哀怨, 惊起白鸥眠。

월조·소도홍(越调·小桃红), 가을 강 제2수

가을 강물 위 흔들거리는 차가운 안개
맑은 물빛이 한 폭 흰 명주로다
멀리 보이는 기러기 떼 행렬, 이별의 아픔 일깨우네
하늘은 맑디맑고

푸르고 붉은 물풀들 얼기설기 엉켜 있네
노 저으며 부르는 오가(吳歌)[1]
한 곡 애달픈 노랫소리에
잠든 갈매기들 놀라 달아나네

1) 옛 오나라 지역에서 부르던 민가

越调 · 小桃红, 秋江 其三

五湖烟水未归身, 天地双蓬鬓。白酒新篘会邻近, 主酬宾, 百年世事兴亡运。青山数家, 渔舟一叶, 聊且避风尘。

월조·소도홍(越调·小桃红), 가을 강 제3수

몸은 아직 우후(五湖) 안개 낀 수면으로 돌아가지 못했건만
　천지간 양 귀밑머리엔 일찌감치 서리가 내렸네
　백주 새로 걸러 이웃끼리 모여
　주인과 손님으로 잔을 나누며
　백 년 세상사 흥하고 망함을 털어놓네
　푸른 산의 몇 채 집이
　고깃배 한 척에 모여

잠깐 풍진세상을 피하고 있네

▶예찬이 유랑 생활을 시작하고 얼마 지나지 않았을 때의 작품으로 추정. 그의 그림인 계산 정자도(溪山亭子图), 송림 정자도(松林亭子图), 어장 추제도(渔庄秋霁图)의 배경.

사방에서 난리가 일어나고 백성들이 도탄에 빠지는 원나라 말기가 되자 많은 문인은 각지를 방황하며 끼리끼리 모여 술과 시를 나누면서 혼란한 세태를 이야기함.

하정지(夏庭芝, 약 1300~1375年)

자는 백화(伯和, 일설에서는 百和), 호는 설사(雪蓑)이나 설사조은(雪蓑钓隐) 및 설사어은(雪蓑渔隐)으로 고쳐 부름. 화팅(华亭, 지금의 상하이 쑹장松江) 출신. 많은 장서를 보유하였으며 자신의 서재를 자이열재(自怡悦斋)라고 칭함. 원나라 말기 난이 발생하자 쓰징(泗泾)에 은거하면서 서재 이름을 의몽헌(疑梦轩)이라고 고침. 그의 작품은 대부분 소실되고 원나라 때 백여 명 희곡 여배우에 대해 기록한 청루집(青楼集)만 남아 있음.

双调 · 水仙子, 赠李奴婢

丽春园先使棘针屯, 烟月牌荒将烈焰焚, 实心儿辞却莺花阵。谁想香车不甚稳, 柳花亭进退无门。夫人是夫人分, 奴婢是奴婢身, 怎做夫人。

쌍조·수선자(双调·水仙子), 이노비(李奴婢)에게 바침

먼저 여춘원(丽春园)¹⁾을 가시덤불로 둘러싸고
서둘러 연월패(烟月牌)²⁾를 태워 버린 뒤
화류계에서 떠나기를 진심으로 바랐으나
꽃수레 가는 길 험난할 줄 누가 알았으랴

유화정(柳花亭)³⁾에는 나가고 들어오는 문이 없구나
부인은 부인의 신분이요
노비는 노비의 몸뚱어리이니
어찌 부인이 되겠는가

1) 여춘원은 명기 소경(苏卿)의 거처. 기생의 숙소를 의미하게 됨.
2) 기원(妓院)에서 사용하던 기녀의 이름을 새긴 나무 패.
3) 기생 숙소가 모여 있는 곳.

▶ 이노비(李奴婢)는 원래 유명한 여자 희극 배우로 걸리가아(杰里哥儿)라는 몽골 관리와 결혼하였으나 배우는 배우와 결혼해야 한다는 당시 법률로 인해 헤어지게 됨. 하정지가 이노비의 불우한 사정을 동정하여 이 곡을 써 줌.

유정신(刘庭信, 생몰연대 불상)

 원래 이름은 천옥(迁玉). 형제 중 다섯 번째이고 키가 크며 얼굴이 검어서 유흑오(刘黑五)라는 별명이 붙음. 녹귀부 속편(录鬼簿续编)에서 "풍류의 고상함이 동료들 가운데 출중하였으며 풍광이 뛰어난 곳에서 음률에 따라 사를 쓰는 것으로 소일하였다."라고 기록함. 전원산곡(全元散曲)에 소령 39수, 투수 7수가 실려 있음.

越调·寨儿令, 戒嫖荡 其二

 没算当, 不斟量, 舒着乐心钻套项。今日东墙, 明日西厢, 着你当不过连珠箭急三枪。鼻凹里抹上些砂糖, 舌尖上送与些丁香。假若你便铜脊梁, 者莫你是铁肩膀, 也擦磨成风月担儿疮。

월조·채아령(越调·寨儿令), 기생집 출입을 경계함 제2수

아무 요량도 없이
이런저런 생각도 해보지 않고
멍하게 희희낙락 올가미에 걸려드는구나
오늘은 동쪽 담(东墙)[1]이요
내일은 서쪽 벽(西厢)[2]에서

연발 화살 번개 같은 세 번 찌름에 속절없이 당하고 마네[3]
콧구멍에 사탕을 발라주고
혀끝에 정향을 뿌려주니
설사 네가 구리 등을 갖고 있고
쇠 어깨를 갖고 있다 한들
살살 문질러 홀딱 빠지게 하여 만신창이 만들리라

1) 서생 마문보(马文辅)는 동쪽 담을 사이에 두고 살던 동수영(董秀英)과 사랑에 빠짐. 원나라 때 희곡 작가 백복(白朴)의 '동수영 화월동장기(董秀英花月东墙记)'를 인용.
2) 장생(张生)이 앵앵(莺莺)과 달밤에 서쪽 벽에서 밀회함. 당나라 원진(元稹)의 '앵앵전(莺莺传)'을 인용. 이후 원곡에서 동쪽 담과 서쪽 벽은 남녀 간의 밀회를 상징. 여기서는 기생집에 놀러 다니는 것을 의미.
3) 기녀들의 호객 수단을 상징.

越调 · 寨儿令, 戒嫖荡 其五

搭扶定, 推磨杆, 寻思了两三番。把郎君几曾是人也似看。只争不背上驮鞍, 口内衔环, 脖项上把套头拴。咫尺的月缺花残, 滴溜着枕冷衾寒。早回头寻个破绽, 没忽的得些空闲, 荒撇下风月担儿赸。

월조·채아령(越调·寨儿令), 기생집 출입을 경계함 제5수

제발 정신 차리고
헛되이 왔다 갔다 하지 말고
두 번 세 번 생각 좀 해보게
언제 자네를 사람 취급이나 하였는가
등에 안장을 지우지 않으면
입에 재갈을 물리거나
목덜미에 목줄을 묶은 것 말고 뭐가 있나
순식간에 달은 이지러지고 꽃은 시드니
눈물방울에 베개 차가워지고 이불 썰렁해지네
빨리 돌이킬 틈을 찾아
잽싸게 생각을 정리해서
여색에서 벗어나 짐 싸서 떠나도록 하게

▶유정신은 이 제목의 소령을 모두 15수 썼음. 동시대의 많은 문인과 마찬가지로 작가는 많은 기생집 생활을 겪은 끝에 이런 충고를 함.

* * *

双调 · 水仙子, 相思 其一

秋风飒飒撼苍梧, 秋雨潇潇响翠竹, 秋云黯黯迷烟树。三般儿一样苦,苦的人魂魄全无。云结就心间愁闷,雨少似眼中泪珠,风做了口内长吁。

쌍조·수선자(双调·水仙子), 그리움 제1수

가을바람 솨솨 푸른 오동을 흔들고
가을비 주룩주룩 푸른 대나무를 울리며
가을 구름 어둑어둑 안개 낀 수풀을 가리네
세 풍경이 한결같이 괴로워
괴로운 사람 혼백이 도망가 버리네
구름이 엉키어 마음속 번뇌가 되고
빗물은 흡사 눈 안에 고인 눈물이요
바람은 입안에 장탄식을 만드네

双调·水仙子, 相思 其二

虾须帘控紫铜钩, 凤髓茶闲碧玉瓯, 龙涎香冷泥金兽。绕雕栏倚画楼, 怕春归绿惨红愁。雾濛濛丁香枝上, 云淡淡桃花洞口, 雨丝丝梅子墙头。

쌍조·수선자(双调·水仙子), 그리움 제2수

보랏빛 구리 갈고리에 걸린 휘장 술
벽옥 잔 안 향기 잔잔한 차
금색 향로 안 싸늘해진 용연향(龙涎香)[1]
난간을 배회하다 누각에 멈추어 서
봄 지나가 녹음방초 시들까 두려워하네
정향나무 가지를 어슴푸레 덮은 안개
복숭아꽃 마을 입구를 담담히 가린 구름
담장 위 매화에 하염없이 비가 내린다

1) 고래의 장에서 나오는 분비액으로 만든 향료.

双调 · 水仙子, 相思 其三

恨重叠, 重叠恨, 恨绵绵, 恨满晚妆楼。愁积聚, 积聚愁, 愁切切, 愁斟碧玉瓯。懒梳妆, 梳妆懒, 懒爇黄金兽。泪珠弹, 弹珠泪, 泪汪汪, 汪汪不住流。病身躯, 身躯病, 病恹恹, 病在我心头。花见我, 我见花, 花应憔瘦。月对咱, 咱对月, 月更害羞。与天说, 说与天, 天也还愁。

쌍조·수선자(双调·水仙子), 그리움 제3수

한이 쌓이고 쌓여
겹겹이 쌓여 있고
한은 끊임없이 솟아올라
밤이 찾아온 안채 채우고 있네
근심은 모이고 모여
가득하게 모여 있고
근심은 절절해져
벽옥 잔에 찰랑거리네
화장하고픈 마음 내키지 않아
화장도 게을러지고
모든 게 피곤하고 귀찮아
금색 향로 불 지피는 둥 마는 둥
눈물방울 눈시울을 채우더니
구슬 눈물 쏟아지고
글썽글썽하던 눈물
멈추지 않고 흘러내리네
골골하더니
병든 몸이 되어
비실비실하고 있는 것은
병이 내 마음에 있음이라
꽃이 나를 바라보길래
나도 꽃을 바라보았더니
꽃은 더욱 수척해졌네

달이 나를 마주 대하여
나도 달을 대하였더니
달이 더욱 수줍어하네
하늘과 더불어 이야기하며
하늘이 더불어 이야기하니
하늘 역시 근심하기 시작하네

* * *

双调 · 折桂令, 忆别 其三

想人生最苦离别, 唱到《阳光》, 休唱《三叠》。急煎煎抹泪柔眵, 意迟迟揉腮搋耳, 呆答孩闭口藏舌。情儿分儿你心里记者, 病儿痛儿我身上添些。家儿活儿既是抛撇, 书儿信儿是必休绝, 花儿草儿打听的风声, 车儿马儿我亲自来也。

쌍조·절계령(双调 折桂令), 이별을 아쉬워하며 제3수

생각해 보니 인생에서 가장 괴로운 것은 이별이라
양관(阳光)까지 부르다
삼첩(三叠)에서 부르기를 멈췄네[1]
안절부절못하다 눈물 눈곱 닦아내고
마음이 얼어붙어 뺨 비비고 귀만 긁으며

멍하니 아무 말도 못 하였었네
그대가 마음속에 새겨 놓은 정분
내 몸에 아픈 병만 더해 준답니다
살림살이는 모두 저버리더라도
편지 보내는 것은 부디 끊지 마세요
바람피우는 소식 들리기만 하면
수레든 말이든 타고 제가 직접 달려갈 거예요

1) 양관삼첩은 양관곡(阳关曲)이라고도 하며 중국 고대의 가장 유명한 이별곡.

双调·折桂令, 忆别 其四

想人生最苦离别, 雁杳鱼沉, 信断音绝。娇模样甚实曾丢抹, 好时光谁曾受用。穷家活逐日绷拽。才过了一百五日上坟的日月, 早来到二十四夜祭灶的时节。笃笃寞寞终岁巴结, 孤孤另另彻夜咨嗟, 欢欢喜喜盼的他回来, 凄凄凉凉老了人也。

쌍조·절계령(双调 折桂令), 이별을 아쉬워하며 제4수

생각해 보니 인생에서 가장 괴로운 것은 이별이라
기러기 까마득하고 물고기 깊이 가라앉아

편지는 끊기고 소식도 들리지 않네
아름답던 모습 이미 찾을 길 없고
좋았던 시절 누가 다 누렸던 걸까
궁색한 살림살이 억지로 지탱하고 있네
백오 일 성묘하는 시기가 지나고[1]
벌써 이십사일 밤 부뚜막신에게 제사 지내는 날이라[2]
이리저리 왔다 갔다 보내버린 쓰라린 한 해
혈혈단신 외로이 밤을 새워 탄식하니
희희낙락 그이 돌아오는 것을 기다리다
처량하다 이 내 청춘 어느새 늙고 말았네

1) 동지 이후 105일째가 한식.
2) 음력 섣달 24일 밤에 부뚜막신에게 제사를 지냄.

双调·折桂令, 忆别 其十一

想人生最苦别离, 经过别离, 才识别离。早晨间少婢无奴, 晌午后寻朋觅友, 到黄昏忆子思妻。咚咚咚鼓声动心忙意急, 支支支角声哀魄散魂飞。钟声儿紧紧的相随, 漏声儿点点的临逼, 想平生受过的凄凉, 呆答孩软了身己。

쌍조·절계령(双调 折桂令), 이별을 아쉬워하며 제11수

생각해 보니 인생에서 가장 괴로운 것은 이별이라
헤어지고 나서야
이별이란 것을 실감하였네
새벽부터 하녀도 없고 하인도 없고
오후 내내 친구들 찾아 헤매다
황혼이 되니 처자식 생각 간절하구나
둥둥둥 북소리에 마음은 산란해지고
즈즈즈 슬픈 피리 소리 혼백이 흩어지네
종소리 쉴 새 없이 뒤따라오고
똑똑 재촉하는 물시계 소리 야속하여라
평생 겪어야 했던 처량함이 떠올라
넋은 나가고 몸은 허물어지네

▶ 원나라 말기 전쟁이 빈번해지면서 사회적 혼란은 가중되고 서로 헤어져 만나지 못하는 것이 일상사가 됨. 유정신은 12수의 동 제목 곡을 써 이별의 고통과 인생살이에 대한 소감을 피력함.

난초방(兰楚芳, 생몰연대 불상)

서역인으로 장시 원수(江西元帅)를 역임. 녹귀부 속편(录鬼簿续编)에 그에 대해 "풍채가 출중하고 창작 구상이 민첩하다."라고 기록됨. 투수 3수와 소령 9수가 전함.

南吕 · 四块玉, 风情

我事事村, 他般般丑。丑则丑村则村意相投。则为他丑心儿真, 博得我村情儿厚。似这般丑眷属, 村配偶, 只除天上有。

남려·사괴옥(南吕·四块玉), 사랑하는 마음

나는 일하는 것마다 미련하고
그는 구석구석 추하게 생겼으나
추하면 추한 대로 미련하면 미련한 대로 서로 의기투합하네
그는 추한 모습 안 진실한 마음이요
이심전심 나는 미련하나 정이 두터움이라
이처럼 추한 남자와
미련한 여자가 부부가 됨은
하늘 위가 아니면 찾을 수 없으리

***

双调·沉醉东风

金机响空闻玉梭,粉墙高似隔银河。闲绣床,纱窗下过,佯咳嗽喷绒香唾。频唤梅香为甚么。则要他认的那声音儿是我。

쌍조·침취동풍(双调·沉醉东风)

족두리 머리 그녀 허공을 향해 활시위로 소식 전함은
높다란 회 칠 담장이 은하수를 가로막기 때문이라
그물망 창문 아래
자수 침상에 누워
기침하는 척하며 향내 나는 침을 튀기네
매향(梅香)[1]은 무슨 일로 뻔질나게 부르는가
소리 낸 사람이 자신인 것을 그이가 알았는지 확인하려 함이네

1) 하녀의 이름.

고명(高明, 약 1305~1371年)

자는 칙성(则诚), 호는 채근도인(菜根道人)이며 저장 루이안(瑞安) 출신. 40세 경에 진사 급제하고 항저우 등지에서 말단 관리 생활을 함. 이후 닝보(宁波) 동쪽 리스진(栎社镇)에 은둔하며 '비파기(琵琶记)'를 씀. 이외 '민자건 홑옷기(闵子骞单衣记)'도 썼으나 전하지 않음.

商调·金络索挂梧桐, 咏别 其一

羞看镜里花, 憔悴难禁架, 耽阁眉儿淡了教谁画。最苦魂梦飞绕天涯, 须信流年鬓有华。红颜自古多薄命, 莫怨东风当自嗟。无人处, 盈盈珠泪偷弹洒琵琶。恨那时错认冤家, 说尽了痴心话。

상조·금락색괘오동(商调·金络索挂梧桐), 이별을 노래함 제1수

거울 속 꽃송이를 보고 새삼 부끄러움은
초췌해진 모습 견딜 수 없음이라
누각에 틀어박혀 옅어진 눈썹 누구에게 그려달라 할까[1]
가장 괴로운 것은 꿈속 영혼 하늘 끝으로 날아가 떠도는 것

흐르는 세월 잠깐 새 귀밑머리 하얘짐을 알아야 하리
자고로 미인은 박명한 법
동풍을 탓하지 말고 스스로 탄식할 일이라
아무도 없는 곳에서
글썽이는 눈물 남몰래 비파에 뿌려 놓는구나
그때 어쩌다 원수 같은 인간 잘못 알게 되어
콩깍지 씌어 속마음 다 털어놓은 것 원통해 못 살겠네

1) 한나라 때 경조윤(京兆尹)을 지낸 장창(张敞)은 출근 전에 눈썹에 흉터가 있는 아내를 위해 눈썹 화장을 해 주었음.

商调·金络索挂梧桐, 咏别 其二

一杯别酒阑, 三唱阳关罢, 万里云山两下相牵曳。念奴半点情与伊家, 分付些儿莫记差, 不如收拾闲风月, 再休惹朱雀桥边野草花。无人把, 萋萋芳草随君到天涯。准备着夜雨梧桐, 和泪点常飘洒。

상조·금락색괘오동(商调·金络索挂梧桐), 이별을 노래함 제2수

이별주 잔은 비었고
양관삼첩(阳关三叠) 부르는 것도 멈추었네

만리 구름 덮인 산 너머에서 서로를 걱정해야 하리
그대에게 반점 정분을 바친 염노(念奴)[1]
부디 명심해 달라는 신신당부
"이 여자 저 여자 기웃거리지 말고
주작교(朱雀桥) 주위 들꽃일랑 꿈도 꾸지 마세요[2]"
홀로 떠나가는 길
무성한 방초만 하늘 끝까지 님을 따르네
오동잎에 내리는 밤비를 대비해야 하리니
늘 눈물과 함께 흩날림이라

1) 당나라 천보(天宝) 연간의 저명한 가녀, 이 곡의 여주인공을 가리킴.
2) 주작교는 진링(金陵)을 가로지르는 친화이허(秦淮河)에 있던 다리. 하천 양쪽으로 술집들이 빼곡히 있었음.

▶ 금락색괘오동(金络索挂梧桐)은 고명이 지은 단 두 곡만 남아 있음. 얽히고설킨 감정을 오동나무에 걸어 놓았다는 의미.

탕식(汤式, 생몰연대 불상)

자는 순민(舜民), 호는 국장(菊庄)이며 저장 상산(象山) 출신. 원나라 말기 부번현 현리(补本县县吏)를 지냈으며 이후 은둔하여 명나라 때는 벼슬길에 나서지 않음. 명 성조(明成祖)가 그를 몹시 총애하여 후대하였다고 함.

正宮·小梁州, 扬子江阻风

篷窗风急雨丝丝, 闷捻吟髭。维扬西望渺何之, 无一个鳞鸿至, 把酒问篙师。他迎头儿便说干戈事, 待风流再莫追思。塌了酒楼, 焚了茶肆。柳营花市, 更说甚呼燕子唤莺儿。

정궁·소량주(正宮·小梁州), 양쯔장(扬子江)[1] 맞바람

뱃전 창가에 바람 급하고 비 그치지 않아
콧수염 꼬며 시구 고민하여도 마음만 답답할 뿐
서쪽에 보이는 웨이양(维扬)[2] 까마득한데
소식 전해주는 이 아무도 없어
술잔 들며 뱃사공에게 물어보았네
그 양반 얼굴을 빤히 보며 난리 이야기만 하면서
풍류를 기대하고 추억을 더듬지 말라 하네

"술집은 무너졌고
찻집은 잿더미가 되었소
기생집은 전부 군영으로 변해 버렸는데
제비 꾀꼬리 부르는 곳이 어디 있기나 하겠소"

1) 장쑤 장두(江都)에서 전장(镇江)에 이르는 유역의 창장을 이르는 옛 이름.
2) 양저우(扬州)의 다른 이름.

正宮·小梁州, 九日渡江 其一

秋风江上棹孤舟, 烟水悠悠, 伤心无句赋登楼。山容瘦, 老树替人愁。樽前醉把茱萸嗅, 问相知几个白头。乐可酬, 人非旧。黄花时候, 难比旧风流。

정궁·소량주(正宮·小梁州), 중양절 강을 건너다 제1수

가을바람 강 위 노 저어 가는 배 한 척
안개 자욱한 수면은 너르기만 한데
아픈 마음 글로 쓰지 못하고 누각에 올랐네
산은 여위었고
고목이 사람의 슬픔을 대신하네
잔을 앞에 두고 짙은 수유 향기에 취하여

얼마나 오랜 세월 우리 서로 알았는지 물어보았네
흥겨움에 술을 마시긴 해도
사람은 이전과 다르다네
노란 국화 피는 계절이건만
옛 풍류와 비교하긴 어려워라

正宮·小梁州, 九日渡江 其二

秋风江上桌孤航, 烟水茫茫。白云西去雁南翔。推蓬望, 清思满沧浪。东篱载酒陶元亮, 等闲间过了重阳。自感伤, 何情况。黄花惆怅, 空做去年香。

정궁·소량주(正宮·小梁州), 중양절 강을 건너다 제2수

가을바람 강 위 노 저어 가는 배 한 척
안개 자욱한 수면은 아득하여 끝이 없건만
흰 구름 서쪽으로 흐르고 기러기 남으로 나네
창을 열고 바라보니
푸른 물결에 애수 가득하다
동쪽 울타리에 술자리 차린 도원량(陶元亮)[1]
자신도 모르는 새 중양절이 지나갔네
서글픔 저절로 솟아남은
어찌 된 상황인가

국화 처량함은
쓸데없이 작년 향기 또 풍김이라

1) 도연명의 자

***

中吕·谒金门, 落花 一令

落花, 落花, 红雨似纷纷下。东风吹傍小窗纱, 撒满秋千架。忙唤梅香, 休教践踏, 步苍苔选瓣儿拿。爱他, 爱他, 擎托在鲛绡帕。

중려·알금문(中吕·谒金门), 꽃이 지네 제1령

꽃이 지네
꽃이 지네
빨간 빗방울 쉴 새 없이 떨어지네
작은 그물 창 옆으로 동풍이 불어
그네 곳곳을 덮었네
매향(梅香)1)을 급히 불러
행여 밟지 않도록 당부하며
이끼 낀 계단을 내려가 꽃잎을 주워 오라 하였네
예쁘구나

예쁘구나
고운 손수건에 싸 놓아야지

1) 하녀의 이름

中吕·谒金门, 落花 二令

落红, 落红, 点点胭脂重。不因啼鸟不因风, 自是春搬弄。乱撒楼台, 低扑帘拢, 一片西一片东。雨雨, 风风, 怎发付孤栖凤。

중려·알금문(中吕·谒金门), 꽃이 지네 제2령

빨간 게 떨어지네
빨간 게 떨어지네
점점이 연지 칙칙하게 되었네
새들이 울어서도 아니요
바람 때문도 아니라
봄이 장난쳤기 때문이네
누각에 마구 나뒹굴길래
휘장을 낮게 내리고선
어떤 잎은 서쪽으로 어떤 잎은 동쪽으로 치웠네
비 내리고

바람 불어 대니

외로운 봉새를 어떻게 해야 하나

▶ 알금문(谒金门)은 당의 교방곡이었다가 후에 사조(词调)로 사용됨. 한 무제가 황궁의 노반문(鲁班门) 밖에 서역의 대완마(大宛马) 동상을 세우고 금마문(金马门)이라고 이름을 바꾸었는데 한나라의 문인 동방삭(东方朔), 양웅(扬雄), 공손홍(公孙弘) 등이 이 문에서 조칙을 기다리면서 금문대조(金门待诏)라고 다시 이름 붙임. 원나라 때 남곡 중 사패 알금문의 격식을 따른 곡패가 생김.

* * *

双调·蟾宫曲

冷清清人在西厢, 叫一声张郎, 骂一声张郎。乱纷纷花落东墙, 问一会红娘, 絮一会红娘。枕儿余衾儿剩, 温一半绣床, 闲一半绣床。月儿斜风儿细, 开一扇纱窗, 掩一扇纱窗。荡悠悠梦绕高唐, 萦一寸柔肠, 断一寸柔肠。

쌍조·섬궁곡(双调·蟾宫曲)

서쪽 사랑채 적막한 그녀

장랑(張郞)을 불러 보았다
장랑 욕을 했다 하는구나
동쪽 벽에서 어지러이 꽃 떨어져
홍랑(紅娘)을 불러 이것저것 물어보더니
홍랑(紅娘)에게 시시콜콜 온갖 걸 이야기하네
베개도 넉넉하고 이불도 여유가 있어
예쁜 침대 절반은 따스하고
예쁜 침대 절반은 썰렁하네
달은 점점 기울고 바람 잔잔하여
그물창을 열어보았다
그물창을 닫아버리곤 하네
뒤척뒤척 긴긴밤 야속한 가오탕(高唐)[1]의 꿈
가슴 미어지는 그리움에
애간장이 끊어지는구나

1) 전국시대 윈멍쩌(云梦泽)에 있던 누각. 여기서 초 회왕(楚怀王)이 우산 신녀(巫山神女)와 정사를 나누었다는 전설이 있으며 이후 남녀의 밀회 장소를 의미하게 됨.

▶당나라 때 최앵앵(崔莺莺)과 장생(张生)의 전설을 인용하여 이성을 그리워하는 규방 여인을 묘사함. 최앵앵은 그녀의 집 동쪽 방에 기숙하던 장생을 보고 사랑에 빠져 하녀 홍랑을 시켜 '달 밝은 삼오야(月明三五夜)'라는 시를 보내 화원에서 만나게 됨. "서쪽 사랑채에서 달을 기다리다, 바람 소리에 문을 반쯤 열었네. 담장에 어른거

리는 꽃 그림자에, 님이 오셨나 의심하였네(待月西厢下, 迎风户半开 拂墙花影动, 疑是玉人来)"

* * *

双调·庆东原, 京口夜泊

故园一千里, 孤帆数日程, 倚篷窗自叹飘泊命。城头鼓声, 江心浪声, 山顶钟声。一夜梦难成, 三处愁相并。

쌍조·경동원(双调·庆东原), 밤에 징커우(京口)에 배를 대고

고향 집 천리
며칠 뱃길이건만
배의 창문에 기대어 떠도는 팔자 탄식하네
성 위에서는 북소리
강 한복판에서는 파도 소리
산꼭대기에서는 종소리
밤이 새도록 잠들지 못함은
세 곳의 시름이 나란히 덮침이라

* * *

中呂 · 滿庭芳, 京口感怀

殘花剩柳, 摧垣廢屋, 新冢荒丘。海門天塹还依旧。滾滾东流, 铁瓮城橫刺着虎口, 金山寺高鎮着鳌头。斜阳候, 吟登舵楼, 灯火望扬州。

중려·만정방(中呂·滿庭芳), 징커우(京口) 감회

꽃은 시들었고 버드나무는 몇 개 가지만 남겨놓았네
무너진 담장과 폐허로 변한 집들
황량한 언덕에 생긴 새 무덤들
하이먼(海门)[1] 천연의 요새 변함이 없고
강물은 동으로 세차게 굽이쳐 흐르는데
철옹성(铁瓮城)[2] 범의 아가리를 가로막고
진산사(金山寺)[3] 높은 곳에서 거북 대가리를 누르네
해 질 무렵
뱃전에 올라 시를 읊으며
등불을 비추어 양저우를 바라본다

---

1) 전장 아래 창장의 수면이 광활하여 옛사람들이 바다라 하고 인근 지역을 하이먼이라 불렀음.
2) 오나라 때 주위 630보의 성을 쌓고 내외를 벽돌로 보강하여 철옹성이라 부름.
3) 지금의 전장 진산(金山) 위에 있는 절. 룽유사(龙游寺), 또는 텐찬

사(天禅寺)라고도 함.

▶탕식은 원말 명초의 시기에 살면서 옛 왕조가 빨리 끝나고 새 왕조가 속히 왕성해지기를 바라는 마음을 담아 이 곡을 씀.

양눌(杨讷, 생몰연대 불상)

자는 경현(景贤), 원래 이름은 섬(暹)이었으나 눌(讷)로 바꿈. 명나라 초 가중명(贾仲明)이 '녹귀부 속편(录鬼簿续编)'에서 "비파에 능숙하고 농담을 잘하였으며 악부가 출중하였다. 나와 50년간 사귀었으며 영락(永乐) 초기 순민(舜民)과 마찬가지로 은총을 받았다."라고 하여 원말 명초에 활동한 것을 알 수 있음. 몽골족이었으나 조상 때 저장 첸탕(浙江钱塘)으로 이주하여 정착함.

中吕 · 红绣鞋, 咏虼蚤

小则小偏能走跳, 咬一口一似针挑。领儿上走到裤儿腰。眼睁睁拿不住, 身材儿怎生捞。翻个筋斗不见了。

중려·홍수혜(中吕·红绣鞋), 벼룩을 노래함

아주 조그만 것이 뛰어오를 수 있으며
한번 물면 바늘로 찌르는 것 같지
옷깃에서 바지 허리로 튀어 다니니
눈 멀쩡하게 뜨고도 잡을 수 없네
요렇게 조그만 녀석 어떻게 집어낼까
뒤집고 곤두박질쳐도 찾을 수가 없네

소형정(邵亨贞, 1309~1401年)

자는 부유(复孺), 호는 정계(贞溪) 또는 청계(清溪). 본적은 저장 춘안(淳安)이었는데 화팅(华亭)으로 이전했다 원말 병란이 발생하자 쑹장(松江)으로 피난함. 명나라 초기 쑹장부 학훈도(松江府学训导)를 지내다 아들 문제로 잉상(颍上)으로 유배되었다가 오랜 기간 경과 후에 사면받고 귀향함.

야처집(野处集) 4권과 의술시선(蚁术诗选) 8권, 의술사선(蚁术词选) 4권을 남겼으며 전원산곡에 소령 3수가 기록되어 있음.

越调 · 凭阑人, 题曹云西翁赠妓小画

谁写江南一段秋,妆点钱塘苏小楼。楼中多是愁, 楚山无断头。

월조·빙란인(越调·凭阑人), 조운서(曹云西)[1] 옹이 기녀 소(小)에게 준 그림에 글을 쓰다

누가 강남의 가을을 그려 내고
첸탕(钱塘) 소소루(苏小楼)[2]에서 예쁘게 단장하였느냐
누각 안에 근심 가득해져

초산(楚山)처럼 끊임없이 이어지네

1) 운서(云西)는 조지백(曹知白)의 호. 원나라 때의 산수화가.
2) 남제(南齐) 때의 명기 소소소(苏小小)의 이름을 붙인 누각. 여기서는 그림을 받은 기녀를 소소(苏小)라고 함.

유연가(刘燕歌 혹은 刘燕哥, 생몰연대 불상)

송말 원초에 살았던 기녀로 추정. 청루집(青楼集)에 춤과 노래에 능하였다는 기록이 있음.

仙吕 · 太常引, 饯齐参议回山东

故人别我出阳关, 无计锁雕鞍。今古别离难, 兀谁画蛾眉远山。一尊别酒, 一声杜宇, 寂寞又春残。明月小楼间, 第一夜相思泪弹。

선려·태상인(仙吕·太常引), 제 참의(齐参议)가 산둥으로 돌아가는 것을 전송하며

그대 나와 헤어져 양관(阳关)[1]으로 떠나는데
말안장 붙들어 맬 방법이 없네
고금을 통해 이별만큼 힘든 것이 있을까
이제 누가 나에게 원산미(远山眉)[2]를 그려주나
한 잔 이별의 술
두우(杜宇) 우는소리[3]
적막한 가운데 봄이 가네
작은 누각에 비치는 밝은 달
첫날밤 그리움에 눈물 방을 떨어지네

1) 양관은 간쑤 둔황(敦煌)과 산둥 닝양(宁阳)에 있음. 여기서는 아주 먼 지역을 의미.
2) 파랗게 그린 먼 산 같은 눈썹이라는 뜻으로, 미인의 눈썹을 형용해 이르는 말
3) 고대 촉(蜀)의 제왕 두우는 신하에게 제위를 물려주고 시산(西山)에 은거하다, 죽은 후 두견이 되었는데 그 울음소리가 매우 처절하였음.

▶제 참의(齐参议)의 이름은 영현(荣显)이며 산둥 랴오청(山东聊城) 출신. 둥핑루 총관부 참의를 역임하여 제 참의라 부름. 제영현이 산둥으로 돌아가게 되자 유연가가 송별하며 이 곡을 써 줌.

태상인(太常引)은 태청인(太清引) 또는 나전매(腊前梅)라고도 하며 신기질(辛弃疾)이 정체를 확립. 태상은 종묘 제사를 지내는 직책으로 9경 중 하나였고 인(引)은 고대 악곡 장르의 이름.

무명씨(无名氏)

正宫 · 醉太平, 讥贪小利者

夺泥燕口, 削铁针头, 刮金佛面细搜求, 无中觅有。
鹌鹑嗉里寻豌豆, 鹭鸶腿上劈精肉, 蚊子腹内剜脂油,
亏老先生下手。

정궁·취태평(正宫·醉太平), 조그만 이익조차 탐내는 자를 조롱함

제비 주둥이에서 진흙을 빼앗고
바늘 끝에서 쇳가루를 깎아 내며
부처 얼굴에서 금가루를 긁어도
건질 만한 게 전혀 없네
메추라기 모이주머니에서 완두콩을 찾고
백로 다리에서 살코기를 베어내며
모기 배 속에서 돼지기름을 바르려고 애쓰니
선생님 솜씨 정말 대단하시군요

▶원나라 때는 조정에서 지방 관리들에게 봉록을 지급하지 않아 관리들은 고하를 불문하고 백성들을 착취하여 부를 쌓는 데 몰두하

게 되었음.

* * *

正宮 · 醉太平

堂堂大元, 奸佞专权。开河变钞祸根源, 惹红巾万千。官法滥, 刑法重, 黎民怨。人吃人, 钞买钞, 何曾见。贼做官, 官做贼, 混愚贤, 哀哉可怜。

정궁·취태평(正宮·醉太平)

참으로 당당하기도 하네 대원제국
아부로 전권을 휘두르는구나[1]
하천을 열고 지폐를 바꾼 것이 재앙의 근원이 되어
수많은 홍건적이 일어나게 되었네
관리의 법도는 무너지고
형법은 가혹하여
백성의 원망이 하늘을 찌르네
사람이 사람을 먹고[2]
돈으로 돈을 사야 하니
일찍이 보지 못했던 일이라
도적이 관리가 되고
관리는 도적질하며

현명한 이와 어리석은 이가 뒤섞여 있으니
슬프다 정말 가련한 일이로다

1) 승상 탈탈(脫脫)과 참의 가로(賈魯) 등을 지칭.
2) 1344년 황하가 범람한 지역에서 굶주린 사람들이 서로 인육을 먹는 사건이 발생함.

▶원나라는 건국 때부터 지폐를 도입하여 중통원보차(中统元宝钞)와 지원보차(至元宝钞)를 잇달아 발행함. 조정은 부족한 재정을 메우기 위해 세금을 중과하는 동시에 1350년(혜종 지정惠宗至正 10년)에 새로운 지폐 지정교차(至正交钞)를 발행하여 기존의 지폐를 대신하게 하면서 새 지폐 1관(贯)의 가치를 동전 천 문(文)으로 정하고 지원보차 2관, 중통보차 10관과 교환하게 함. 그러나 새로운 지폐를 과도하게 발행한 결과 수도 다두(大都)에서는 10정(锭, 동전 5만 문)으로 쌀 한 말도 사지 못하게 됨. 또한 원 조정은 생산 활동에 관심이 없어 오랫동안 수리시설을 보수하지 않은 결과 1344년 황하의 둑이 연이어 터져 강물이 범람하면서 많은 백성이 죽게 되고 재정 수입에 많은 차질이 발생함. 1350년 탁극탁(托克托, 즉 탈탈)이 제방 수리를 제안하자 황제는 가로(贾鲁)에게 농민 15만과 군사 2만을 징발하여 제방 공사를 실시하게 함. 황하 양안의 농민들은 자연재해와 공사 징발의 이중고에 관리들의 수탈까지 가중되자 분노가 폭발하게 됨. 따라서 개하(开河)와 변초(变钞)는 농민 봉기의 도화선이 되고 홍건적의 난으로 발전하여 원나라 멸망의 길을 재촉하게 됨.

正宫 · 塞鴻秋 相思月

愛他時似愛初生月, 喜他時似喜看梅梢月, 想他時道几首西江月, 盼他時似盼辰勾月。當初意兒別, 今日相拋撇, 要相逢似水底撈明月。

정궁·새홍추(正宫·塞鴻秋) 달을 흠모하다

그이를 사랑할 땐 새로 뜬 달을 사랑하는 것 같았고
그이를 좋아할 땐 매화 가지 끝 달 보는 것 좋아함 같았고
그이를 그리워할 땐 서강월(西江月)[1] 몇 수에 마음을 담았으며
그이를 기다릴 땐 밤새 수성(水星)[2]을 기다림 같았네
첫눈에 반해 사랑이 지극했건만
이젠 서로 헤어져
서로 만남이 물속에서 달을 건지려 함 같이 될 줄이야

1) 당나라 때 교방곡이었으며 유영(柳永)이 정체를 확립한 사패 이름.
2) 찾기가 매우 힘든 별로 좀처럼 보기 어려움의 비유.

正宫·塞鸿秋 山行警

东边路西边路南边路,五里铺七里铺十里铺。行一步盼一步懒一步,霎时间天也暮日也暮云也暮。斜阳满地铺,回首生烟雾。兀的不山无数水无数情无数。

정궁·새홍추(正宫·塞鸿秋) 산길을 가는 심경

때로는 동쪽 길 때로는 서쪽 길 그리고 남쪽 길
때로는 오 리를 가면 역참 때로는 칠 리 또는 십 리 만에 역참이 있네
한 걸음 간 뒤 한 번 뒤돌아보며 차마 떨어지지 않는 발걸음
어느새 하늘도 해도 구름도 저녁 기운이 감싸네
온 땅에 황혼이 깔려
뒤돌아보니 안개 자욱하다
무수히 많은 산과 물 때문이 아니라 헤아릴 수 없는 정 때문이라

正宫·塞鸿秋 宴毕警

灯也照星也照月也照,东边笑西边笑南边笑。忽听的钧天乐箫韶乐云和乐,合着这大石调、小石调、黄钟调。银花遍地飘, 火树连天照, 喜的是君有道臣有道国有道。

정궁·새홍추(正宮·塞鸿秋) 잔치가 끝날 때의 심경

등불도 반짝이고 별도 반짝이며 달도 빛을 비추어
동쪽에서도 웃고 서쪽에서도 웃고 남쪽에서도 웃네
홀연 균천악(钧天乐) 소소악(箫韶乐) 운화악(云和乐)이 들리는데[1]
대석조(大石调)와 소석조(小石调) 황종조(黃钟调)를 합한 것이라[2]
은꽃(银花)이 온 땅에 흩날리고
불나무가 하늘까지 비치니
기쁘다 임금에게 도가 있고 신하에게 도가 있으며 나라에도 도가 있도다

1) 당나라 이래 궁정 및 상류사회에서 유행하던 3대 곡조
2) 12궁조(宫调) : 정궁(正宫), 황종궁(黃钟宫), 반섭조(般涉调), 월조(越调), 중려궁(中吕宫), 대석조(大石调), 남려궁(南吕宫), 상조(商调), 상각조(商角调), 선려궁(仙吕宫), 쌍조(双调), 소석궁(小石调).

正宫 · 塞鸿秋 村夫饮

宾也醉主也醉仆也醉,唱一会舞一会笑一会,管什么三十岁五十岁八十岁,你也跪他也跪恁也跪。无甚繁弦急管催,吃到红轮日西坠,打的那盘也碎碟也碎碗也碎。

정궁·새홍추(正宫·塞鸿秋) 촌놈들의 음주

손님도 취하고 주인도 취하고 하인도 취하여
노래하고 춤추며 또 웃어대니
서른 살이든 쉰 살이든 여든 살이든 무슨 상관인가
너도 주저앉고 그도 주저앉고 모두 주저앉아
흥겨운 악기 연주가 분위기를 돋우지 않아도
붉은 해가 서쪽으로 질 때까지 먹고서는
그릇도 깨고 접시도 깨고 사발도 깨는구나

* * *

仙吕 · 一半儿

南楼昨夜雁声悲,良夜迢迢玉漏迟。苍梧树底叶成堆,被风吹,一半儿沾泥一半儿飞。

선려·일반아(仙呂·一半儿)

어젯밤 남쪽 누각에 기러기 소리 애달프더니
적막한 밤 길기도 긴데 물시계는 더디기만 하네
푸른 오동나무 아래 생긴 잎 더미에
바람이 불어
절반은 진흙투성이가 되고 절반은 날려 흩어지네

* * *

仙呂 · 游四門

　海棠花下月明时, 有约暗通私。不甫能等得红娘至, 欲审旧题诗。支, 关上角门儿。

선려·유사문(仙呂·游四門)

해당화 아래 달빛 밝을 때
남몰래 만나기로 약속했었네
홍랑 오는 것을 애타게 기다렸다
전에 써 준 시가 어떠했는지 묻고자 하였네
"삐거덕"
쪽문이 닫히고 말았네

▶ 금나라 때 동해원(董解元)이 쓴 서상기(西廂记)에서 장생이 앵앵과 남몰래 만나려 하는 내용을 소재로 함.

* * *

仙吕 · 寄生草, 闲评

人百岁, 七十稀。想着他罗裙牢地宫腰细, 花钿渍粉秋波媚, 金钗技枕乌云坠。暮年翻忆少年游, 不如今朝醉了明朝醉。

선려·기생초(仙吕·寄生草), 아무렇게나 비평함

인생 백 년이라고 하나
칠십도 어려운 법
가는 허리 그녀 비단 치마 땅에 닿고
꽃 장신구 머리에 분 바르고 맑은 눈웃음치던 모습
베게 비스듬히 늘어졌던 금비녀 검은 구름머리 떠오르네
늘그막에 젊을 때 놀던 일 돌이켜 생각해 본들
오늘 아침도 취하고 내일 아침도 취함만 못하리

* * *

仙吕 · 寄生草, 闲评 其一

问甚么虚名利, 管甚么闲是非。想着他击珊瑚列锦帐石崇势, 则不如卸罗襕纳象简张良退, 学取他枕清风铺明月陈抟睡。看了那吴山青似越山青, 不如今朝醉了明朝醉。

선려·기생초(仙吕·寄生草), 아무렇게나 비평함 제1수

헛된 명성이 어떤 이득인지 묻고
한가롭게 시시비비 따진 들 무엇하랴
산호를 깨트리고 비단 병풍을 펼치던 석숭의 기세를 생각해 보면[1]
그냥 관복 벗고 상간(象简)[2]도 반납하고 물러난 장량(张良)만 못하며
진단(陈抟)처럼 시원한 바람 베고 밝은 달빛 깔고 자는 것 배워야 하리[3]
보아하니 저기 오산(吴山) 푸름이 월산(越山) 푸름 같으니[4]
오늘 아침에도 취하고 내일 아침에도 취함만 못하네

1) 서진(西晋) 때 황제의 친척 왕개(王恺)와 거부 석숭(石崇) 사이의 부귀 대결의 고사를 인용. 왕개가 석숭을 초대하여 진 무제(晋武帝)에게 받은 높이 2척여 산호 한 그루를 보여주며 자랑하자 석숭

은 그것을 부숴버리고 자신이 가지고 있던 3~4척 크기의 광채 찬란한 산호로 갚아 줌. 또 한 번은 왕개가 면사와 견직 혼방직 천으로 40리 길이의 병풍을 만들어 자랑하자 석숭은 비단으로 길이 50리의 병풍을 만들어 보여줌. 300년 조왕 사마륜(赵王司马伦)이 정변을 일으켜 정권을 잡은 뒤 애첩 녹주(绿珠)로 인해 손수(孙秀)의 모략에 빠져 일가족이 몰살당함.
2) 신하들이 군주를 알현할 때 손에 들던 상아로 만든 판.
3) 북송의 명사 진단이 화산(华山)에 은거했던 고사의 인용. 잠의 신선(睡仙)이라는 별명이 있었으며 '희수가(喜睡歌)'에서 스스로 "나는 천성적으로 성품이 둔하여 오로지 잠만 좋아하니, 숨 쉬는 것 이외에는 조금도 피곤한 것이 없다. (我生性拙惟喜睡, 呼吸之外无一累)"라고 하였음.
4) 북송 시인 임포(林逋)의 시 '오랜 그리움(长相思)' 중 "오산 푸르고, 월산 푸르니, 양안의 청산 서로 배웅하고 영접하네(吴山青, 越山青, 两岸青山相送迎)"의 인용.

仙吕 · 寄生草, 闲评 其二

争闲气, 使见识, 赤壁山正中周郎计, 乌江岸枉费重瞳力, 马嵬坡空洒明皇泪。前人勋业后人看, 不如今朝醉了明朝醉。

선려·기생초(仙呂·寄生草), 아무렇게나 비평함 제2수

무의미한 싸움
보면 알 일이라
적벽 산 가운데서 주랑(周郎)은 계략을 꾸미고
우장(烏江) 강변에서 쌍둥이 눈동자(重瞳)[1] 헛된 힘을 썼으며
마웨이포(马嵬坡)에서 명황(明皇)[2]은 쓸데없이 눈물만 뿌렸네
옛사람들 위대한 업적을 보니
오늘 아침에도 취하고 내일 아침에도 취함만 못하네

1) 항우(項羽)는 동공이 두 개였다고 함.
2) 당 현종의 칭호가 '지도대성대명효황제(志道大聖大明孝皇帝)'이어서 명황이라고 부름.

* * *

中呂 · 喜春来 其一七夕

天孙一夜停机暇, 人世千家乞巧忙, 想双星心事密话头长。七月七, 回首笑三郎。

중려 희춘래(中呂·喜春来) 제1수 칠석(七夕)

옥황상제의 손녀[1] 하룻밤 베 짜는 것을 멈추자
인간 세상 모든 집에서 소원 비느라 바쁘네[2]
한 쌍 별의 간절한 바람을 생각건대 속삭임 끝이 있으랴
칠월 칠석
뒤돌아보며 삼랑(三郞)[3]을 비웃네

1) 직녀(织女).
2) 칠월 칠석에 부녀자들이 달을 향해 바느질을 잘하게 해달라고 빌었음.
3) 당 현종 이융기(李隆基)의 어릴 때 이름. 안사의 난을 피해 청두로 피난 가던 중 양귀비는 호위병들에게 교살당하고 현종은 장안으로 돌아온 다음 장생전(长生殿)에 유폐됨. 백거이가 '장한가(长恨歌)'에서 "칠 월 칠 일 장생전, 밤은 깊었는데 속삭일 사람 없네. 하늘에서는 비익조가 되고 땅에서는 연리지가 되길 바랐노라(七月七日长生殿, 夜半无人私语时 在天愿作比翼鸟, 在地愿为连理枝)"라고 노래함.

中呂 · 喜春来 其二

伤心白发三千丈, 过眼金钗十二行。老来休说少年狂。都是谎, 樽有酒且徜徉。

중려 희춘래(中呂·喜春来) 제2수

삼천 장(丈) 백발에 상한 마음
그 많던 머리 장식 덧없어라
나이 들어 소년의 때 멋대로 산 것 말하지 말게
모두 허망한 것이니
잔에 술 채우고 슬슬 걸어나 보세

中呂 · 喜春来 其三

窄裁衫褃安排瘦, 淡扫蛾眉准备愁。思君一度一登楼。凝望久, 雁过楚天秋。

중려 희춘래(中呂·喜春来) 제3수

여위어진 허리에 맞게 잘록하게 맞춘 옷
눈썹 옅게 단장하고 서글픔을 준비하여
님 생각날 때마다 누각에 올라가네
한참을 바라보니
가을 온 초의 하늘(楚天)[1]에 기러기 날아가네

---

1) 원래 초나라 땅이었던 창장(长江) 중 하류 지역의 하늘. 남방의 하늘을 의미하는 말이 됨.

***

中吕·红绣鞋 其一

一两句别人闲话, 三四日不把门踏, 五六日不来呵在谁家。七八遍买龟儿卦。久已后见他么, 十分的憔悴煞。

중려 홍수혁(中吕·红绣鞋) 제1수

한두 마디 나누고 헤어지고선
삼사일 문밖에 나서질 않았네
오륙일을 오지 않으니 대체 누구 집에 있는 건가
칠팔 번 거북이 점[1]을 쳐보았네
그이를 본 것도 오래전이라[2]
초췌해짐이 충분하고도 넘치네[3]

1) 거북이가 신통력이 있다고 생각하여 거북이 등을 불에 그을려 갈라지는 무늬를 보고 점을 쳤음.
2) 오랠 구(久)는 아홉 구(九)와 발음이 같음.
3) 十分이 충분하다는 의미. 시의 매 첫 구를 1에서 10까지의 숫자로 시작.

中吕·红绣鞋 其二

我为你吃娘打骂,你为我弃业抛家。我为你胭脂不曾搽,你为我休了媳妇,我为你剪了头发。咱两个一般的憔悴煞。

중려 홍수혜(中吕·红绣鞋) 제2수

나는 너를 위하여 시집살이하며 욕먹을 수 있고
너는 나를 위하여 재산도 집안도 포기할 수 있네
나는 너를 위하여 더 이상 연지를 바르지 않을 것이며
너는 나를 위하여 아내를 저버릴 수 있고
나는 너를 위하여 머리를 자를 수도 있네
우리 두 사람 매한가지로 부쩍 여위어 가네

中吕·红绣鞋 其三

裁剪下才郎名讳,端详了辗转伤悲。把两个字灯焰上燎成灰,或擦在双鬓角,或画作远山眉。则要我眼跟前常见你。

중려 홍수혁(中呂·红绣鞋) 제3수

오리고 붙여서 님의 이름을 만들었는데
요리조리 자세히 볼수록 슬픔만 더 하네
이름 두 글자 등잔 불꽃에 거슬려 만든 재로
양쪽 살쩍에 바르기도 하고
원산미(远山眉) 눈썹을 그리기도 하네
이는 언제나 내 눈앞에 두고 당신을 보고자 함이라

* * *

中吕 · 朝天子 其一 庐山

早霞, 晚霞, 妆点庐山画。仙翁何处炼丹砂, 一缕白云下。客去斋余, 人来茶罢。叹浮生, 数落花。楚家, 汉家, 做了渔樵话。

중려 조천자(中呂·朝天子) 제1수 루산(庐山)

아침노을과
저녁노을이
루산(庐山)을 그림으로 만드네
선옹(仙翁)은 어디서 단사(丹砂)를 만들었나[1]
한 가닥 흰 구름 밑이로다

손 떠나서 서재에 남고

사람 와서 차 마시면 족하도다

덧없는 인생 탄식하니

초(楚)의 항우(项羽)

한(汉)의 유방(刘邦)

어부와 나무꾼 이야깃거리가 되었네

1) 선옹은 갈현(葛玄)을 가리킴. 갈현은 삼국시대 오나라의 도사였으며 좌자(左慈)에게서 사사하고 태청(太清), 구정(九鼎), 금액(金液) 등 단경(丹经)을 받은 뒤 거자오산(阁皂山, 장시 장수시江西樟树市 소재)에서 수련함. 루산은 장시(江西)성 주장(九江) 남쪽에 있는 산으로 갈현이 연단(炼丹)을 만들고 수도한 곳은 아니나 루산의 수려하고 신비함을 강조하기 위해 갈현과 연계시킴.

中吕 · 朝天子 其二志感

不读书有权, 不识字有钱, 不晓事倒有人夸荐。老天只恁忒心偏, 贤和愚无分辨。折挫英雄, 消磨良善, 越聪明越运蹇。志高如鲁连, 德过如闵骞, 依本分只落的人轻贱。

중려 조천자(中呂·朝天子) 제2수 포부

책을 읽지 않아야 권력이 생기고
글자를 몰라야 부자가 되며
사리에 어두워야 오히려 사람들이 존경하네
하느님이 이렇게 극단적으로 편파적이니
현명함과 우둔함의 분간이 없네
영웅은 좌절하고
선량한 이가 버려지며
총명할수록 운명이 기구하구나
뜻은 노련(魯连)[1]처럼 고상하고
덕은 민건(闵骞)[2]을 능가해도
신분 때문에 몰락하여 사람들에게 멸시받네

1) 전국시대 제나라의 노중련(魯仲連). 진 소양왕(秦昭襄王)이 조(趙)나라를 침공하여 한단(邯鄲)이 위험에 빠졌을 때 노중련의 활약으로 진나라 군대를 물리침. 노중련은 분쟁을 해결한 대가로 보상을 받으면 장사꾼과 다름없다며 모든 논공행상을 거부하고 떠남.
2) 춘추시대 노나라 사람. 공자의 제자로 효성과 우애, 덕행이 뛰어나기로 유명하였음.

中呂 · 朝天子 其三

不读书最高, 不识字最好, 不晓事倒有人夸俏。老天不肯辨清浊, 好和歹没条道。善的人欺, 贫的人笑, 读书人都累倒。立身则小学, 修身则大学, 智和能都不及鸭青钞。

중려 조천자(中呂·朝天子) 제3수

책을 읽지 않는 것이 최고요
글을 모르는 것이 가장 좋은 일이니
사리에 어두워야 사람들이 현명하다고 칭송하네
하느님이 맑음과 혼탁함을 개의치 않으시니
좋음과 나쁨에 각자의 길이 없네
착한 사람은 업신여김을 받고
청빈한 사람은 웃음거리가 되며
공부한 사람은 모두 지쳐서 쓰러지는구나
입신(立身)은 소학(小学)[1]에 있고
수신(修身)은 대학(大学)[2]에 있다고 하나
지혜와 능력 모두 압청초(鸭青钞)[3]만 못하도다

1) 송나라 때 주희(朱熹)와 유자징(刘子澄)이 아이들을 위해 편찬한 학습 교재. 성인이 되기 위해서는 먼저 소학을 배워야 한다고 하여 8세가 되면 공부하였음.
2) 15세가 되면 대학을 공부함.
3) 지폐의 이름. 오리알처럼 옅은 푸른색이어서 붙은 이름.

▶원나라는 1315년 일시적으로 과거를 실시하였다가 다시 취소함. 그나마 과거가 실시되는 기간에도 사사롭고 불공정하게 운영되어 문인들의 관직 진출은 극도로 제한되었음.

* * *

中吕·十二月过尧民歌

【十二月】看看的相思病成, 怕见的是八扇帏屏。一扇儿双渐小卿, 一扇儿君瑞莺莺; 一扇儿越娘背灯, 一扇儿煮海张生。【尧民歌】一扇儿桃源仙子遇刘晨, 一扇儿崔怀宝逢着薛琼琼, 一扇儿谢天香改嫁柳耆卿, 一扇儿刘盼盼昧杀八官人。哎, 天公, 天公。教他对对成, 偏俺合孤另。

중려·십이월 다음 요민가(中吕 十二月过尧民歌)

【십이월(十二月)】
보고 있으면 그리움이 병이 되어
보기 두려워지는 건 여덟 폭 병풍이라
한 폭은 쌍점(双渐)과 소경(小卿)이요[1]
한 폭은 군서(君瑞)와 앵앵(莺莺)이요[2]
한 폭은 등불을 등진 월낭(越娘)이요[3]
한 폭은 바닷물을 끓인 장생(张生)이요[4]

【요민가(尧民歌)】

한 폭은 도원(桃源)의 선녀를 만나는 유신(刘晨)이요[5]

한 폭은 최회보(崔怀宝)와 설경경(薛琼琼)의 만남이요[6]

한 폭은 유기경(柳耆卿)과 재혼한 사천향(谢天香)이요[7]

한 폭은 팔관인(八官人)에 홀딱 빠진 유반반(刘盼盼)이라[8]

아이고

하느님이여

하느님이여

그들은 쌍쌍이 짝을 지어 주면서

유난히 나만 홀로 버려두시나요

---

1) 쌍점이 과거 시험을 위해 상경한 사이 소경은 기생 어미에 의해 차상인에게 팔려 감. 쌍점은 소경이 전장(镇江)의 진산사(金山寺) 벽에 남긴 시를 보고 위장성(豫章城)까지 쫓아가 소경을 탈취함.

2) 최앵앵은 명문 귀족의 딸로 정상서(郑尚书)의 아들과 결혼하게 되어 있었으나 푸주사(普救寺)에서 서생 장군서와 만나 사랑에 빠지게 됨.

3) 월낭은 월 땅의 낭자로 욕을 당하여 소나무에 목을 매달아 죽은 뒤 그 나무 밑에 묻힘. 어느 날 밤 양순유(杨舜愈)가 월낭의 혼백이 등불을 등지고 벽을 향하여 앉아 있는 것을 봄. 월낭은 자신의 억울한 사정을 이야기하고 양순유는 그녀를 위하여 이장을 해 줌. 그날 밤 양순유는 월낭의 혼백과 사랑을 나눔.

4) 동해 바다 용왕의 딸 경련(琼莲)과 사랑에 빠진 장우(张羽)는 선인(仙人)의 도움을 받아 은 솥으로 바닷물을 끓임. 용왕은 할 수 없이 둘의 결혼을 허락함.

5) 유신과 완조(阮肇)는 톈타이산(天台山)에 약초를 캐러 갔다가 선녀

를 만나 반년을 같이 지내게 됨. 집으로 돌아오니 이미 칠 대가 지나 있었음.
6) 설경경(薛琼琼)은 개원궁(开元宫)의 쟁 연주자였는데 서생 최회보(崔怀宝)를 만나자 한눈에 반함. 이후 당 현종이 설경경을 최회보의 아내로 보내 줌.
7) 유영(柳永, 자는 기경耆卿)은 기녀 사천향을 열렬히 사랑하였음. 카이펑 부윤(开封府尹) 전가(钱可)는 거짓으로 그녀를 첩으로 삼고 유영을 자극함. 유영이 정진한 끝에 장원급제하자 사천향을 아내로 삼게 해 줌.
8) 기녀 유반반(刘盼盼)과 공자 팔관인(八官人)은 서로 사랑하는 사이였는데 결국 예법의 굴레를 깨고 관청의 허가를 받아 결혼에 이름.

▶원나라 때 민간에 광범위하게 퍼져 있던 자유연애 이야기를 소재로 함. 이 곡의 8가지 고사는 모두 잡극으로 만들어져 무대에서 빈번하게 공연되곤 하였음.

* * *

黄钟 · 红锦袍

那老子彭泽县懒坐衙, 倦将文卷押, 数十日不上马。柴门掩上咱, 篱下看黄花。爱的是绿水青山, 见一个白衣人来报, 来报五柳庄幽静煞。

황종·홍금포(黄钟·红锦袍)

저 노인네 펑쩌현(彭泽县) 관아에 앉아 있는 것이 따분하고
공문서에 서명하는 것이 지겨우며
수십 일 동안 말도 타지 않았네
사립문을 밀치고 나가
울타리 아래 국화를 보곤 했네
사랑했던 것은 푸른 물 푸른 산이라
종아이가 와서 그에게 이르기를[1]
우류장(五柳庄)[2]이 평화롭기 그지없다 하네

1) 도연명이 중양절에 술 없이 국화를 감상하고 있을 때 장저우 자사(江州刺史) 왕홍(王弘)이 종아이를 시켜 술을 보냄.
2) 도연명이 거주했던 장소. 도연명은 자신을 오류선생(五柳先生)이라고 하였음.

▶홍금포(红锦袍)는 소령에 사용되던 곡패. 홍납오(红衲袄, 기워서 입은 붉은 상의)라고도 함. 북곡(北曲)에서는 황종궁(黄钟宫)에 속하나 남곡(南曲)에서는 남려궁(南吕宫)에 속함.

* * *

大石调·阳关三叠

渭城朝雨轻尘,更洒遍客舍青青,弄柔凝千缕。更洒遍客舍青青,弄柔凝翠色。更洒遍客舍青青,弄柔凝柳色新。休烦恼,劝君更尽一杯酒,人生会少,富贵功名有定分。休烦恼,劝君更尽一杯酒。旧游如梦,只恐怕西出阳关,眼前无故人。休烦恼,劝君更尽一杯酒,只恐怕西出阳关,眼前无故人。

대석조·양관삼첩(大石调·阳关三叠)

웨이청(渭城)[1]의 아침 가벼운 비 길의 먼지를 씻고
술기운 가득한 객사를 온통 푸르게 만들고선
천 가닥 부드러운 가지에 맺히는구나
술기운 가득한 객사를 온통 푸르게 만들고선
부드러운 초록빛이 맺히는구나
술기운 가득한 객사를 온통 푸르게 만들고선
부드러운 버들 새 색깔이 맺히는구나
고민하지 말게
그대에게 술 한 잔 더 비우기 권하노니
인생에서 만남은 귀하고
부귀공명은 정해진 몫이 따로 있네
고민하지 말게
그대에게 술 한 잔 더 비울 것을 권하노니

이전 놀던 일 꿈만 같고
서쪽 양관(阳关)으로 떠나가면
근처에 옛 친구 없음이 걱정이네
고민하지 말게
그대에게 술 한 잔 더 비울 것을 권하노니
서쪽 양관(阳关)으로 떠나가면
근처에 옛 친구 없음이 걱정이네

1) 지금의 산시성 셴양시 웨이청구(陕西省咸阳市渭城区)

▶양관삼첩(阳关三叠)은 당나라 왕유(王维)의 시 "원이가 안시로 떠나는 것을 전송하다(送元二使安西)"를 주제로 하여 가사를 보강한 거문고 곡. 전 곡을 3단계로 나누고 원래 시의 구절을 3번씩 반복한다고 하여 삼첩(三叠)이라는 명칭이 붙음.

* * *

商调 · 梧叶儿, 嘲女人身长

身材大, 膊项长, 难匹配怎成双。只道是巨无霸的女, 原来是显道神的娘。我这里细端详, 还只怕你明年又长。

상조·오엽아(商调·梧叶儿), 여자의 키 큰 것을 조롱하다

커다란 몸집에
기다란 팔목이라
팔자가 사나우니 어떻게 짝을 찾겠느냐
거무패(巨无霸)[1]의 딸이라고만 여겼더니
원래 도신(道神)[2]의 어머니가 나타난 것이라
내가 이렇게 세세하게 이야기하였으나
내년에 네가 더 커질까 걱정이다

1) 신(新)나라 황제 왕망(王莽)이 흉노 정벌을 위해 발굴했던 거인. 키가 3m 넘고 허리둘레가 1m 넘었음. 호랑이, 표범, 코뿔소, 코끼리 등의 맹수를 거느리고 전투를 하였음. 쿤양성(昆阳城) 전투에서 후한 광무제 유수(光武帝刘秀)의 군대에 패한 뒤 종적을 알지 못함.
2) 신기(神祇)라고도 하며 천지를 다스리는 신.

商调 · 梧叶儿, 嘲谎人

东村里鸡生凤, 南庄上马变牛。六月里裹皮裘。瓦垄上宜栽树, 阳沟里好驾舟。瓮来的大肉馒头, 俺家的茄子大如斗。

상조·오엽아(商调·梧叶儿), 허풍쟁이를 비웃다

동쪽 마을에서 닭이 봉황을 낳고
남쪽 부락에서 말이 소로 변하였다 하네
유월에 털가죽 옷을 뒤집어쓴다고 하며
기왓골은 나무 심기에 적당하고
배수구는 배 젓기 좋은 곳이라 하네
옹기에서 돼지고기 만두를 찌는가
우리 집 가지는 크기가 말만 하다네

▶원나라 때 중국 지식인들은 역사상 가장 비참한 대우를 받으며 생활의 방도를 위해 공연장 예인들에게 희곡, 노래 가사 등을 써주어야 했음. 이들의 작품은 자연스럽게 갖가지 감시망을 피해 정권을 풍자하는 수단이 됨.

오엽아(梧叶儿)는 벽오추(碧梧秋) 또는 지추령(知秋令)이라고도 함. 오서일(吴西逸)이 '오엽아, 꽃다운 시절 지나가네(梧叶儿·韶华过)'에서 정체를 확립.

* * *

商调 · 梧叶儿, 正月

年时节, 元夜时, 云鬓插小桃枝。今年早, 不见你, 泪珠儿, 滴满了春衫袖儿。

상조·오엽아(商调·梧叶儿), 정월

한 해가 시작되는 절기
정월 대보름 밤이 되어
구름 같은 귀밑머리에 작은 복숭아 가지를 찔렀네[1]
올해는 시작부터
당신이 보이지 않아
눈물이 방울져 떨어지더니
적삼 소매를 흥건히 적시네

1) 복숭아나무로 만든 칼은 나쁜 귀신을 죽인다고 믿었음.

商调 · 梧叶儿, 三月

春三月, 花满枝, 秋千惹绿杨丝。才蹴罢, 舒玉指, 摸腰儿, 谁拾得鲛绡帕儿。

상조·오엽아(商调·梧叶儿), 삼월

춘삼월
가지에 꽃이 가득하고
그네는 녹색 버들가지를 도발하네
힘껏 지쳐라

하얀 손가락을 펴서
허리를 짚고 있네
누가 비단 손수건 주워 줄까

商调·梧叶儿, 四月

清和节, 近洛时, 寻思了又寻思。新荷叶, 浑厮似, 面花儿, 贴在我芙蓉额儿。

상조·오엽아(商调·梧叶儿), 사월

날씨 맑고 따스한 계절
뤄수이(洛水)[1] 강가에서
이리 궁리해 보고 저리 궁리해 보았네
새로 나온 연꽃 잎사귀가
흡사
얼굴에 그린 꽃 그림이요[2]
내 이마에 붙인 연꽃 같았네

1) 산시(陜西)성에서 발원하여 허난성으로 흘러 들어가는 강.
2) 고대 여자들은 얼굴을 꽃무늬로 장식하였는데 이를 화면(花面)이라 하였음. 이후 연극에서 배역의 얼굴에 각종 채색 도안을 그려 인물의 성격과 특징을 나타냄.

***

双调 · 水仙子, 张果老

驼腰曲脊六旬高, 皓首苍髯年纪老, 云游走遍红尘道。驾白云驴驮高, 向赵州城压倒石桥。柱一条斑竹杖, 穿一领粗布袍, 也曾醉赴蟠桃。

쌍조·수선자(双调·水仙子), 장과로(张果老)[1]

육순(六旬)이 지나 굽은 등허리와 휘어진 척추
허연 머리 흰 수염 높은 연세에
인간 세상 두루두루 돌아다니지 않는 곳 없네
흰 구름 타고 나귀에 높이 앉아
자오저우성(赵州城)을 향해 석교(石桥)를 넘어가네[2]
한 자루 반죽(斑竹) 지팡이 짚고
한 벌 무명 두루마리 걸친 채
벌써 취해서 반도(蟠桃)[3] 쪽으로 가는구나

1) 도교의 팔선(八仙) 가운데 한 사람이며 당나라 사람으로 전해짐. 술법에 뛰어나고 헝저우(恒州)의 중탸오산(中条山)에 은거하며 펀진(汾晋, 산시山西 타이위안太原 지역의 펀수이 汾水 유역)을 왕래. 수명이 수백 살에 이르렀다고 하며 하얀 나귀를 거꾸로 타고 사방을 다니며 사람들을 교화하였음. 그가 탄 나귀는 하루에 만 리를 다

녔으며 밤에는 종이로 접어 상자에 넣었다가 낮이 되면 다시 꺼내어 나귀로 변하게 하였음.
2) 허베이 스자좡(石家庄) 자오현(赵县) 남쪽의 샤오허(洨河)에 있는 아치형 돌다리. 수나라 때 이춘(李春)이 설계하고 시공함.
3) 신선이 먹는 복숭아. 3천 년에 한 번씩 열매가 열리며 먹으면 수명이 늘어남.

双调·水仙子, 李岳

笔尖吏业不侵夺, 跳入长生安乐窝。绸衫身上都穿破, 铁拐向手内拖, 乱哄哄发似松科。岂想重裀卧, 不恋皓齿歌, 每日价散诞蹉跎。

쌍조·수선자(双调·水仙子), 이악(李岳)[1]

소송 문서 쓰는 일은 방해받지 않으니[2]
장생전(长生殿) 안락와(安乐窝)[3]로 뛰어드는구나
몸에 걸친 적삼은 헤어져 구멍이 났고
쇠지팡이를 손으로 끌어당기며
머리칼은 헝클어져 솔잎이 되었네
어찌 포근한 이불 덮고 누울 생각 하랴
고운 목소리 맑은 노래에 미련 없으니
매일 느긋하게 빈둥거림이 할만한 일이라

1) 도교 팔선 중에서 가장 존경을 받았던 신선. 봉두난발과 커다란 눈망울에 배를 드러내 놓고 어슬렁거리며 걸었음. 외모가 흉측하고 금테로 머리를 묶었으며 쇠지팡이를 짚고 등에는 약 항아리를 맨 체 강호를 다니면서 병자를 치료하여 옥황상제에게 상선(上仙)으로 임명됨. 철괴리(铁拐李)라고도 부름.
2) 철괴리가 여동빈(吕洞宾)에게 도를 수련하여 해탈하기 전에 소송문서 작성 대리하는 일을 하였음.
3) 장생전은 당나라 때의 궁전.
   송나라 때 소옹(邵雍)이 쑤먼산(苏门山)에 은거하면서 자신의 거처를 안락와, 자신의 호를 안락선생(安乐先生)이라 하였음.

▶중국 고대 신화의 팔선을 소재로 쓴 곡 중 두 수. 팔선은 철괴리(铁拐李), 한종리(汉钟离), 장과로(张果老), 여동빈(吕洞宾), 하선고(何仙姑), 남채화(蓝采和), 한상자(韩湘子), 조국구(曹国舅).

***

南吕·骂玉郎过感皇恩采茶歌, 鏖兵

【骂玉郎】牛羊犹恐他惊散, 我子索手不住紧遮拦。恰才见枪刀军马无边岸。谎的我无人处走, 走到浅草里听, 听罢也向高阜处偷睛看。【感皇恩】吸力力振动地户天关, 诰的我扑扑的胆战心寒。那枪忽地早刺中彪躯, 那刀亨地掘倒战马, 那汉扑地抢下征鞍。俺牛羊散失, 你可甚人马平安。把一座介丘县, 生纽做枉死

城, 却翻做鬼门关。【采茶歌】败残军受魔障, 德胜将马硕彝。子见他歪刺刺赶过饮牛湾, 荡的那卒律律红尘遮望眼, 振的这滴溜溜红叶落空山。

남려·마옥랑 다음 감황은과 채차가(南吕·骂玉郎过感皇恩采茶歌), 치열한 전투

【마옥랑(骂玉郎)】
소와 양들이 놀라 흩어질까 두려워
하는 수 없이 손을 뻗어 놈들을 저지하려다
마침 창칼과 군마가 끝없이 늘어선 것을 보았네
깜짝 놀라 아무도 없는 곳을 찾아
키 작은 풀숲에 숨어 귀 기울이고 있다가
작은 언덕으로 올라가 몰래 훔쳐보게 되었네
【감황은(感皇恩)】
싸움 소리 땅 깊은 곳 하늘 높은 곳을 뒤흔들어
놀라 두근거리는 마음에 담이 떨리고 심장이 오싹하였네
저기 창이 순식간에 거구를 찔러 버리고
"와"하며 저 칼로 말을 베어 넘어뜨리니
저 사내가 안장에서 떨어져 "푹"하고 처박히는구나
내 소와 양 떼는 모두 도망가 버렸는데
네놈 군대는 어찌 평안할 수 있느냐
평화롭던 마을 하나를
모질게 짓밟아 원통한 시쳇더미로 만들고

뒤집어서 귀신들의 장소로 변하게 하였네
【채차가(采茶歌)】
패배한 군대엔 재앙인데
이긴 장수는 미친 듯이 말을 달리네
와르르 소 물 먹이는 냇가로 몰려가니
휘이잉 흙먼지가 일어 시야를 가리고
텅 빈 산에 단풍잎 흔들려 주르르 떨어진다

* * *

双调 · 水仙子, 杂咏

临行愁见整行李, 几日无心扫黛眉。不如饮的奴先醉, 他行时我不记的, 不强似眼睁睁两下分离。但去着三年五岁, 更隔着千山万水, 知他甚日来的。

쌍조·수선자(双调 水仙子), 잡영(杂咏)

떠날 때 되어 근심스런 눈빛으로 짐 싸는 것 보며
며칠간 무심하게 눈썹만 다듬었네
술 마신 년이 먼저 취함만 못하니
그가 언제 떠났는지 기억지 못함이
눈 뻔히 뜨고 서로 이별함보다 나음이라
떠난 지 삼 년인가 다섯 해인가

천 개 산과 만 줄기 물이 가로막아
그이 언제 올지 기약이 없네

双调 水仙子, 喻纸鸢

丝纶长线寄生涯, 纵放由咱手内把。纸糊披就里没牵挂, 被狂风一任刮。线断在海角天涯。收又收不下, 见又不见他。知他流落在谁家。

쌍조·수선자(双调 水仙子), 종이연[1]에 비유하다

실을 꼬아 만든 기다란 끈에 일생이 달렸으니
놓아주든 말든 모두 이 손안에 있음이라
종이로 씌운 틀 안에는 거치적거리는 것 없어
광풍에 맡겨 마음껏 날렸더니
실이 끊어져 하늘가 바다 끝으로 가버렸네
거두려 해도 거둘 수 없고
찾으려 해도 찾을 수 없네
누구 집에 떨어졌는지 알고 있는가

1) 종이연(纸鸢)은 기생이었던 여자를 상징. 그녀를 사랑한 남성이 대신 값을 치르고 기적을 정리하여 결혼하였으나 그녀는 본성을 못 버리고 다른 남자와 눈이 맞아 도망가 버림.

元曲 300首 (下)

초판 1쇄 발행 | 2024년 10월 10일

옮긴이 | 류 인
엮은이 | 이용헌
펴낸이 | 윤용철
펴낸곳 | 소울앤북
주 소 | 경기도 파주시 회동길 325-22, 3층
편집실 | 서울특별시 중구 을지로14길 8, 618호
전 화 | 02-2265-2950
이메일 | poemnpoem@gmail.com
등 록 | 2014년 3월 7일 제4006-2014-000088

ⓒ 류인, 2024

ISBN 979-11-91697-16-2   04820
      979-11-91697-13-1   (세트)

*이 책의 판권은 옮긴이와 소울앤북에 있으며 무단 전재를 금합니다.
*잘못된 책은 교환해드립니다.